Besuchen Sie uns im Internet:

www.glaubenssachen.de

Der Autor lebt im Bayerischen Wald. Er ist in Brasilien aufgewachsen, hat in Deutschland Soziologie, Psychologie sowie Romanistik studiert, mit einer Dissertation über magische Religionen promoviert und sich mit einer Studie über die abhängige Entwicklung habilitiert. Er war in der wissenschaftlichen Politikberatung tätig. Seit 2003 ist er freischaffender Künstler und verfasst belletristische Literatur. Bei J. F. Steinkopf sind von ihm erschienen:

Briefe an den ungläubigen Thomas
  Über Glauben und Glaubenszweifel
Die Krone der Schöpfung
  Ein Epilog
Die letzte Reise der Cassandra
  Hat Gott uns vergessen?
Der König im Luftschloss
  Ein Monolog
Stumme Begleiter
  Über unsere Beziehung zu Dingen
Zuagroasde
  Geschichten aus dem Bayerischen Wald
Jaguar online
  Denkanstöße
Die Insel Escondida
  Reisen in eine verborgene Welt

Mehr: S. 127/28 & www.glaubenssachen.de
www.manfred-von-glehn.de

ISBN 978-3-87503-300-7

FSC-zertifiziertes Papier aus verantwortungsvollen Quellen

© Lutherische Verlagsgesellschaft mbH, Kiel 2022; alle Rechte vorbehalten

Cover (Dr. Stein): Evangelischer Presseverband Norddeutschland GmbH

Alle Illustrationen sind vom Verfasser. Die Originale sind Gemälde auf Leinwand im Format 80 x 100 cm (Kunstharz mit natürlichen Pigmenten).

Manfred von Glehn

ROSENWEG

Dornige Beziehungen

Roman

Edition Steinkopf

Die Handlung und alle Personen dieses Romans sind frei erfunden. Die Örtlichkeiten sind teils real, teils fiktiv. Diesbezüglich sind keinerlei versteckte Anspielungen beabsichtigt, auch nicht auf lebende oder verstorbene Personen. Jede Ähnlichkeit wäre rein zufällig. Die von den handelnden Personen vertretenen Meinungen sind ebenfalls frei erfunden und geben nicht die Ansichten des Verfassers wieder. Einige Passagen aus früheren Kurzgeschichten wurden eingearbeitet.

DER ROSENWEG

Hammelsberg lag versteckt zwischen dunklen Wäldern am Ende der Welt. Der Name des Dorfes klang seltsam, aber er war passend, denn die alten Häuser drängten sich um die Kirche wie eine Schafherde unter einen schützenden Baum. Am Horizont stießen die Gipfel der Berge an den Himmel, und die Gletscherspalten führten direkt in die Hölle. Morgens lag der Nebel wie ein Leichentuch auf den Feldern, die sich vom Dorfrand bis zum Wald erstreckten. Seltsam vermischte sich das fahle Licht der Dämmerung mit einer großen, unheimlichen Stille. Die unerfüllten Gedanken, Gefühle und Wünsche der Toten schwebten über dem nassen Gras.

An beiden Enden des Rosenwegs stand je ein Gebäude. Dazwischen lag ein struppiges Wäldchen. Bäume und Büsche säumten den Weg. Wenn man von der Dorfmitte kam, war das erste Gebäude am Rosenweg das Wohnhaus von Hildegard und Dr. Wolf Ross, in dem auch dessen Tierarzt-Praxis untergebracht war. Sein Name war für einen Tierarzt ideal. Das geräumige Haus stammte aus dem frühen 19. Jahrhundert und war einmal sehr schön gewesen – wie fast alle Gebäude, die vor dem Zweiten Weltkrieg gebaut worden sind. 1968 wurde es umgebaut und renoviert. Seitdem war es hässlich. Hier hatte bis 1995 ein Gärtner-Ehepaar gelebt. Beide waren taubstumm und verständigten sich mit Zeichensprache. Von Kindern wurden sie häufig nachgeäfft. Wenn die Eltern davon erfuhren, gab es Ohrfeigen. Im angrenzenden Gewächshaus züchteten die zwei taubstummen Gärtner Rosen, um sie auf den Wochenmärkten der Umgebung zu verkaufen.

Offiziell hieß der Weg *Bürgermeister-Eberhard-Mooshammer-Weg*, doch diese Bezeichnung hatte sich nicht durchgesetzt; einerseits, weil sie zu sperrig war, andererseits, weil der frühere Bürgermeister Mooshammer wegen seiner Rolle im Dritten Reich als *Persona non grata* galt – zumindest bei den Sozialdemokraten. Diese überwanden bei allen Wahlen zwar nur knapp die 5 %-Hürde, aber sie beherrschten trotzdem die öffentliche Meinung, da der für Hammelsberg zuständige Mitarbeiter des *Isartaler Tageblatts* zugleich Vorsitzender des örtlichen SPD-Ortsvereins war. Bei der sogenannten schweigenden Mehrheit hatte Bürgermeister Eberhard Mooshammer allerdings nach wie vor viele Sympathisanten. Doch sprach man jetzt allgemein vom *Rosenweg*.

Im Gewächshaus fehlten mittlerweile viele Glasscheiben, aber es wurde noch genutzt. Hildegard Ross, die Frau des Tierarztes, hatte dort ein Beet mit Küchenkräutern angelegt. Der Rest war verwildert. Zwischen dem wuchernden Unkraut wuchsen nach über 20 Jahren noch immer viele Rosen. Sie waren zwar kleiner als früher, dufteten jedoch genauso intensiv. Im Sommer surrten so viele Insekten im Gewächshaus herum, dass sich Frau Ross manchmal kaum traute, Petersilie oder Schnittlauch vom Kräuterbeet zu holen.

Das Gebäude von Ehepaar Ross hatte die Hausnummer 1. Das Gebäude am anderen Ende des Rosenwegs hatte Nr. 2. Es handelte sich um eine herrschaftliche Jugendstil-Villa. Sie lag wie ein verwunschenes Schloss zwischen alten Bäumen und flüsternden Gräsern. Doch hatte sie längst eine gründliche Renovierung nötig. Sie sah heruntergekommen aus und erinnerte weniger an das Schloss von Dornröschen als an düstere Häuser, die man aus Horror-Filmen kennt. Das struppige Wäldchen, das den Rosenweg säumte, hatte bereits den schmiedeeisernen Zaun überwunden und den ehemaligen Garten erobert. Ein kleines Gartenhaus war völlig überwuchert und sah aus wie ein Maya-Tempel, den der Urwald verschluckt hat. Verblühte Rosen hingen am Gitter wie alte Witwen. Ihre Wurzeln tasteten sich durch die lautlose Finsternis der Erde bis zum Friedhof. Birken und Weiden rieben sich an der bröckelnden Fassade und machten ein trockenkratzendes Geräusch, das an Maikäfer im Schuhkarton erinnerte. An der Eingangspforte hing ein altertümliches Emaille-Schild. Dort stand in Frakturschrift: *Dr. Volker Stein.*

Dr. Stein hatte jahrelang allein in dem Haus gelebt, aber das sollte sich nun ändern. Er war 62 Jahre alt und schon lange geschieden. Seine einzige Tochter Amanda war bei der Mutter aufgewachsen. Das war für beide eine unerfreuliche Zeit gewesen. Kurz nach ihrem 18. Geburtstag heiratete Amanda einen Betrüger und Hochstapler. Er starb zwei Jahre nach der Hochzeit bei einem Verkehrsunfall. Die kurze Ehe blieb kinderlos. Da Amanda weder einen Beruf erlernt noch einen Scheidungsgewinn erzielt hatte, stand sie nach einigen flippigen Jahren in Kalabrien vor der Wahl, entweder Sozialhilfe zu beantragen oder zur Mutter bzw. zum Vater zu ziehen. *Das ist echt zum Kotzen*, dachte sie. Nach langem Zögern entschied sie sich, zum Vater zu ziehen, denn diesbezüglich war ihr am wenigsten klar, was auf sie zukommen würde.

Sie verbreitete in ihrem Bekanntenkreis die Legende, sie wolle sich aus Liebe und Verantwortungsbewusstsein um ihren alten Vater kümmern. Er war ganz anderer Ansicht: *Amanda ist eine komplette Versagerin. Jung zu sein ist kein Verdienst. Ich habe immer bezweifelt, dass sie wirklich meine Tochter ist. Sie hat noch nie etwas richtig gemacht. Alles nur Pfusch und halber Kram. Keinen Beruf gelernt und mit 18 geheiratet. Ihr Mann ein Krimineller. Hätte er sich nicht totgefahren, wären sie längst geschieden. Jetzt hätte ich zwar lieber eine professionelle Pflegerin, aber da Amanda schon mal da ist, kann sie sich um mich kümmern. Natürlich wartet sie auf ihr Erbe. Doch von ihrer Mutter wird sie nichts kriegen und bei mir eine Überraschung erleben. Ich werde ihren Pflichtteil so klein halten wie juristisch nur möglich.*

Um zu verstehen, wie es zu dieser Situation gekommen ist, sollten wir einige Jahrzehnte zurückgehen: in jene Zeit, als der frisch promovierte Dr. Stein Amandas Mutter heiratete. Sie hieß damals Simone Linde und studierte Psychologie.

VOLKERS HOCHZEIT

Volker hatte unruhig geschlafen und schlecht geträumt. In einem Traum ruderte er mit einer jüngeren und einer älteren Frau in einem Boot auf einem See. Es war ein schöner Sommertag, aber am Horizont türmten sich Gewitterwolken. Wind kam auf und der Strohhut der jüngeren Frau flog davon. Volker ruderte hinterher und hatte ihn schließlich im Windschatten des Bootes. Er beugte sich über die Bordkante … Da packten die Frauen seine Beine, warfen ihn ins Wasser, nahmen die Ruder und schlugen auf ihn ein. Er sank ohnmächtig auf den Grund des Sees, erwachte schweißgebadet und dachte: *Kein gutes Omen für einen Hochzeitstag.*

Ab 5 Uhr morgens konnte er nicht wieder einschlafen. Er lag im Bett und starrte an die Decke. Dabei gingen ihm verschiedene Gedanken durch den Kopf: *Warum heirate ich bloß? Es ging mir bestens, ohne zu heiraten. Da gibt man seine Freiheit auf und hat keine Ahnung, was kommt: rechtlich, finanziell, sozial, emotional und in welcher Hinsicht auch immer. Früher hat man aus Gründen geheiratet, die leidlich nachvollziehbar sind. Aber heute! Warum soll man heute noch heiraten? Heute hat die Ehe nur Nachteile und keinen Vorteil. Sie ist ein Relikt längst vergangener Zeit. So wie die Krokodile, die eigentlich ins Zeitalter der Dinosaurier gehören, aber immer noch da sind. Sie sind gefräßig, gefährlich und überflüssig. Und die viel zitierte Liebe … Großer Gott! Was soll das sein? Die 'Liebe' ist ein Konglomerat aus allen möglichen Gefühlen, Projektionen, Illusionen und sexuellen Erregungen. Meist eine neurotische und flüchtige Angelegenheit. Soll man darauf eine lebenslange Ehe aufbauen? Außerdem: Die 'wahre Liebe' gibt es wohl nur im Groschenroman. Und falls es sie doch gibt, muss man nicht gleich heiraten! Warum braucht man für eine Beziehung die Bestätigung vom Staat und zusätzlich den Segen der Kirche?*

Liebe ich Simone überhaupt? Vielleicht irgendwie, so 40 bis 60 %, das hängt von der Situation ab. Ich könnte genauso Martha oder Inge heiraten. Warum habe ich mich gerade für Simone entschieden? Irgendwo bei Goethe ... War es Goethe? ... Egal, jedenfalls steht da: 'Halb zog sie ihn, halb sank er hin.' Oder heißt es umgekehrt: 'Halb zog er sie, halb sank sie hin.' ... Wie auch immer: Bei uns stimmt die erste Version. Simone hat im richtigen Moment kräftig gezogen, und ich bin hingesunken. Dann habe ich in einem besoffenen Moment 'Ja' gesagt, daraufhin hat sie eine Maschinerie in Bewegung gesetzt, die ich nicht mehr stoppen konnte.

Volker hatte damals gerade promoviert und kurz danach eine Stelle als Assistenzarzt im Krankenhaus-Rechts-der-Isar bekommen. Als er die Plackerei des Examens endlich hinter sich hatte und davon ganz benommen war, wäre er am liebsten für ein paar Wochen alleine nach Teneriffa geflogen, aber das ging natürlich nicht. Statt am Strand zu liegen und alle Viere von sich zu strecken, musste er die neue Stelle antreten. Und als wäre das nicht genug, überrumpelte ihn Simone mit einem ziemlich miesen Trick. Sie lud den Arglosen zum Nachmittagstee ins Haus ihrer Eltern ein. 'Es kommen noch ein paar Freunde. Das Ganze ist total locker', sagte sie.

Anna und Konrad Linde, Tutzing, Breiter Weg 12. Diese Visitenkarte hatte ihm Simone in die Hand gedrückt. Die Adresse sagte ihm nicht viel, aber als er das Haus gefunden hatte, musste er schlucken. Er stand vor einem Palast direkt am See-Ufer. Das hatte er nicht erwartet, denn bis dahin kannte er nur Simones kleine Studentenwohnung. Über ihren familiären Hintergrund wusste er fast nichts. Viel Geld schien sie nicht zu haben. Sie lebte ähnlich bescheiden wie jene Studentinnen, die sich nur immatrikulieren, um an der Uni den passenden Mann zu finden. Offenbar hatte es sich unter diesen jungen Damen herumgesprochen, dass ein reiches Elternhaus erst erwähnt werden sollte, wenn ein Kandidat ernsthaft in Frage kam. Sonst zog man windige Typen an, mit denen man nur

Zeit verschwendete. Simone beherzigte den Rat ihrer Mutter: 'Die nächsten Jahre sind entscheidend für den Rest deines Lebens. Mach keine Dummheiten!'

Als Volker von Simone ins Wohnzimmer geführt wurde, merkte er, dass er der einzige Gast war. Ihre Eltern saßen bereits auf einer großen Terrasse direkt am See, dort wurde auch der Tee serviert. Die Konversation war anfangs etwas steif, aber Simones Vater war ein humorvoller Mann, der die Situation aufzulockern wusste, bis er die entscheidende Frage stellte: 'Volker – ich darf doch Volker sagen? Also, Volker, wie haben Sie sich Ihre berufliche Zukunft vorgestellt? Simone hat erzählt, dass Sie im Krankenhaus-Rechts-der-Isar eine Stelle bekommen haben. Das ist ein schöner Zufall, denn wir werden wohl in Zukunft nicht nur privat, sondern auch beruflich miteinander zu tun haben. Ich freue mich darauf.'

Volker war verwirrt. Was sollte das heißen: 'nicht nur privat, sondern auch beruflich'? Dieser Moment war seine letzte Chance, vom anfahrenden Zug abzuspringen, aber er ließ sie verstreichen, weil er die Situation nicht richtig einschätzen konnte. Am nächsten Morgen war es bereits zu spät. Er bekam einen Anruf vom Vorzimmer des Chefarztes der Chirurgie und wurde gebeten, dort vorzusprechen. 'Der Herr Professor erwartet Sie bereits. Sie können eintreten, ohne anzuklopfen.' Volker öffnete die Tür, da kam ihm sein zukünftiger Schwiegervater freudestrahlend entgegen. 'Mein lieber Volker, wie schön, dass Sie Zeit für mich haben! Wir sollten unser gestriges Gespräch ein wenig fortsetzen.'

Am selben Abend wurde Volker von Simone zum fatalen 'Ja' gedrängt, das alles besiegelte. Tags darauf kam Professor Linde in Volkers bescheidenes Arztzimmer und sagte in einem leisen, intensiven Ton: 'Volker, du machst nicht nur Simone, sondern auch uns, ihren Eltern, eine riesige Freude. So einen Schwiegersohn haben wir uns immer gewünscht. Du hast unserem Leben eine wunderbare Wende gegeben. Danke!

Ich wünsche euch von Herzen alles Gute. Entschuldige mich jetzt, ich habe noch ein Knie und eine Schulter.'

Simones Mutter, die seit Jahren in ihrem prächtigen Haus dahinwelkte, blühte plötzlich wieder auf und nahm die Sache selbst in die Hand. 'Ihr müsst standesgemäß wohnen', sagte sie und kontaktierte einen Makler. Zwei Wochen später kaufte sie 'dem jungen Glück' eine noble 4-Zimmer-Etage in der *Residenz Seeblick* nahe Tutzing. Diese Wohnung bestand aus einem großzügigen Wohnzimmer mit Terrasse zum See, einer Küche mit angrenzendem Wintergarten, einem Schlafzimmer, einem sogenannten Herren- bzw. Arbeitszimmer für Volker, zwei Bädern, einer Sauna und einem weiteren Zimmer, das Simones Mutter als 'vorläufiges Gästezimmer' bezeichnete. 'Vielleicht bekommt ihr ja bald einen ganz kleinen Gast', fügte sie hinzu. Simone brauchte kein eigenes Zimmer. Sie würde überall wohnen. Sie blieb nur pro forma an der Uni, damit auf der Hochzeitskarte unter ihrem Namen *Studentin der Psychologie* stehen konnte.

Simones Mutter meinte, die Brautleute sollten erst am Tag der Hochzeit in die gemeinsame Wohnung ziehen. Sie plante eine Überraschung, indem sie die Möblierung selber übernahm. Nur das 'vorläufige Gästezimmer' ließ sie leer. Am liebsten hätte sie es zwar gleich als Kinderzimmer möbliert, aber auf Anraten ihres Mannes verzichtete sie darauf, 'um die jungen Leute nicht unter Druck zu setzen'. Es war üblich, dass der Brautvater die Kosten der Hochzeit übernahm. Seine Frau organisierte das 'standesgemäße Gesellschafts-Ereignis'.

Volkers Nacht vor dem Hochzeitstag wurde bereits beschrieben. Er hatte eine kleine Wohnung in der Schellingstraße, in der er sich seit Jahren wohlgefühlt hatte. Jetzt schlief er dort zum letzten Mal. Normalerweise wäre er spät aufgestanden, hätte in Ruhe gefrühstückt, wäre dann mit dem Fahrrad durch die Gegend gefahren und abends in seine Stammkneipe gegangen, um mit seinen Freunden Bier zu trinken.

Stattdessen musste er um 7 Uhr aufstehen, einen dunklen Anzug anziehen und um 9 im Standesamt sein. Es folgte Stress bis zum Abend. Und dann in eine fremde Wohnung ziehen. *Oh Gott, wozu das alles? Wieso habe ich Idiot mich da reinreiten lassen? Ich kann Simone schon jetzt nicht mehr leiden!*

Natürlich hätte er sich noch verweigern können. Abhauen, nach einer Woche wiederkommen und sagen: 'Tut mir leid. Ich hab's mir anders überlegt.' Aber wie hätte das ausgesehen. Er hatte alles zugesagt, hätte immer 'Nein' sagen können. Doch erst am Hochzeitstag weglaufen, wenn ein riesiges gesellschaftliches Ereignis organisiert und finanziert worden ist? Und das als frisch gebackener Assistenzarzt, dessen Chef sein Schwiegervater in spe ist? Das war unmöglich. Er musste jetzt in den sauren Apfel beißen. Vielleicht war der Apfel gar nicht so sauer, wie er jetzt aussah. Möglicherweise war das nur eine momentane Panik. Ganz normal, wenn man heiratet.

Volker hatte kaum Zeit für solche Gedanken. 9 Uhr Standesamt. 11 Uhr *Heilig-Geist-Kirche*. 13 Uhr Mittagessen im *Vierjahreszeiten*. 15 Uhr Brautentführung. Diesen Programmpunkt empfand er als besonders lästig, da er sich einer komplizierten Schnitzeljagd unterziehen musste. Schließlich fand er Simone im Affengehege des Zoologischen Gartens. Dann gemeinsam zurück nach Tutzing, wo der Kaffee serviert wurde. Um 20 Uhr wieder ins *Vierjahreszeiten* zum *Hochzeitsball*. Ende um 4 Uhr morgens. Dann Einzug in die neue Wohnung, begleitet von den Schwiegereltern. Simones Mutter wollte für jedes Detail gelobt werden und ließ nicht locker, bis die allerletzte Schublade inspiziert worden war.

Simones Vater sagte schließlich den erlösenden Satz: 'Kinder, ihr wollt jetzt sicher allein sein – wir ziehen uns zurück.' Das Schlafzimmer war für eine romantische Hochzeitsnacht hergerichtet. Auf dem Bett waren Rosenblätter ausgestreut. Simone kam aus dem Bad in einem lila Nachthemd. Volker stand geistesabwesend am Fenster und starrte in die Nacht.

VOLKERS SCHEIDUNG

Volkers Ehe stand von Anfang an unter keinem guten Stern, auch beruflich stand er unter ziemlichem Stress. Professor Linde gab sich nämlich alle Mühe, die Karriere seines Schwiegersohns zu unterstützen, obwohl dieser keinerlei beruflichen Ehrgeiz hatte. Am liebsten hätte er die Medizin an den Nagel gehängt, aber da dies aus verschiedenen Gründen unmöglich war, wäre er lieber ein unterbeschäftigter Landarzt in einem abgelegenen Kaff geworden, als sich in der Uni-Klinik abzuplagen. Sein Schwiegervater ließ ihm keine Ruhe und verpflichtete ihn immer wieder zur Assistenz bei schwierigen Operationen. Bald musste Volker viele Eingriffe allein durchführen. Sein Schwiegervater stand schweigend daneben und war immer bereit, notfalls zu intervenieren.

Der Stress, den ihm die Schwiegermutter bereitete, war noch schlimmer. 'Ich wurde schon einen Monat nach der Hochzeit schwanger', pflegte sie zu sagen. 'Stimmt bei dir irgendetwas nicht? An Simone kann es nicht liegen. Sie ist kerngesund.' Volker begab sich zum Andrologen – kein Befund. Dann kam das von allen Ehemännern gefürchtete Basal-Thermometer zum Einsatz. An den 'günstigen Tagen' sollte die Befruchtung stattfinden. Wenn Simone morgens sagte: 'Heute passt es', wurde sein ganzer Arbeitstag von der Vorstellung belastet, er müsste abends *funktionieren*.

Je häufiger es zu einer solchen Situation kam, umso seltener konnte er angemessen *funktionieren*. Er stellte sich alles Mögliche vor, um zu *funktionieren,* aber je mehr er sich auf dieses Problem konzentrierte, desto weniger konnte er *funktionieren*. Eines Tages fragte Simone: 'Volker, liebst du mich überhaupt noch?' Er antwortete: 'Ja, natürlich!' Aber er hätte genauso gut antworten können: 'Was weiß ich. Keine Ahnung! Aber eins weiß ich sicher: Dieser sexuelle Stress kotzt mich an. Ich habe überhaupt keine Lust mehr. Tu' mir einen Gefallen und lass mich einfach in Ruhe!'

Zwei Jahre später war Simone immer noch nicht schwanger. Nachdem die Qualität von Volkers Spermien mehrmals als *altersangemessen* befunden worden war, ging Simone zum Frauenarzt. Nach vielen Untersuchungen kam heraus, dass in ihrem Unterleib alles in Ordnung war. Der Frauenarzt sagte: 'Wir wissen nicht, warum es bei organisch gesunden Paaren manchmal zu keiner Schwangerschaft kommt. Haben Sie schon einmal daran gedacht, ein Kind zu adoptieren? Bei vielen Paaren klappt es dann plötzlich.'

Simone konzentrierte sich nun darauf, ein Kind zu adoptieren. Volker unterstützte sie dabei – freilich nicht, weil er unbedingt ein Kind adoptieren wollte, sondern weil er hoffte, zumindest eine Weile vom sexuellen Stress befreit zu werden.

Es gab noch einen dritten Stress, der sich anfangs allerdings noch nicht andeutete. Die Schwiegermutter, die aus einer sehr vermögenden Familie stammte, hatte die noble 4-Zimmer-Etage in der Residenz *Seeblick* – wie sie in ihrem Bekanntenkreis erzählte – 'für meine Tochter' gekauft. Letztere meinte nun, die Eigentümerin zu sein. Volker meinte das auch, aber eigentlich wollte er es gar nicht. Die Vorstellung, in der Wohnung seiner Frau zu leben, war ihm unangenehm. Als beide anfingen, die Wohnung nach den eigenen Vorstellungen zu verändern, intervenierte die Schwiegermutter. Bei dieser Gelegenheit kam heraus, dass die Wohnung keineswegs Simone, sondern ihrer Mutter gehörte. Letztere hatte lediglich in einem *Vorläufigen Testament* verfügt, dass Simone die Wohnung *vielleicht einmal erben sollte.*

Volker wäre gern ausgezogen, um sich den Zwängen seiner Schwiegermutter zu entziehen, aber Simone konnte ihn überzeugen, zumindest eine Weile in dieser exklusiven Wohnung zu bleiben, da sie andernfalls in einem schrecklichen Wohnsilo am Stadtrand gelandet wären. 'Hartz-4-Empfänger, Türken, Albaner, Afrikaner – willst du das?' Nein, das wollte er nicht.

Aber plötzlich gab es noch eine Option. Als Simone gegenüber ihrer Mutter einmal sagte, sie hätte gern einen Garten, bekam sie eine überraschende Antwort: 'Kein Problem! Ich habe da etwas für euch. Die Luxus-Wohnung kann ich jederzeit vermieten.' Frau Linde hatte eine Immobilie geerbt, einen Bungalow aus den 50er-Jahren mit großem Garten. Das Gebäude war inzwischen marode und stand seit Jahren leer. Das Dach war an einer Stelle eingebrochen und der Garten verwildert. Frau Linde sagte: 'Wenn ihr wollt, könnt ihr dort wohnen, aber vorher müsst ihr den Bungalow auf eigene Kosten herrichten. Ich nehme von euch natürlich keine Miete, doch ich habe eine Bedingung: Ihr müsst das Haus so umbauen, dass eine schöne Einliegerwohnung für meine Schwester Luise entsteht. Sie hat zwar keine finanziellen Probleme, aber sie würde sich sicher über Familienanschluss freuen.'

Volker war der Vorschlag suspekt, denn ihm war nicht klar, was die Formulierungen 'auf eigene Kosten' und 'Familienanschluss' bedeuteten. Wir überspringen die Details und kommen gleich zum Ergebnis: Da Simone kein eigenes Einkommen hatte und die Eltern vor der Hochzeit ihrer Tochter auf einen Ehevertrag mit strikter Gütertrennung bestanden, hieß 'auf eigene Kosten', dass Volker auf seinen Namen einen Kredit aufnahm, um den Bungalow umzubauen. Die Schwiegermutter beschwichtigte seine Bedenken damit, dass sie die von der Bank geforderte Sicherheit stellen werde. Der 'Familienanschluss' sah so aus, dass Tante Luise ständig bei ihnen im Wohnzimmer saß und abends hinauskomplementiert werden musste. Der Umbau wurde ungleich teurer als vom Architekten veranschlagt. Volkers monatliche Belastungen waren viel höher als die Miete eines vergleichbaren Objekts.

Simone war immer noch nicht schwanger, und das Adoptionsverfahren zog sich hin. Die junge Ehe war schon nach drei Jahren festgefahren. Da brachte Simone eines Tages frischen Wind in die Bude. Sie wollte 'fertig studieren', also weiterhin Psychologie. Und warum? 'Ich brauche wieder Luft zum Atmen. Einen Job will ich sowieso nicht, also bleibe ich bei der Psychologie. Ich habe ja schon alle Scheine der ersten sechs Semester.'

Simone ging also wieder an die Uni. Ein Kind war nach wie vor nicht in Sicht, weder mithilfe des Basal-Thermometers noch mithilfe der Adoptionsstelle am Landratsamt. Volker stand weiter unter Dauerstress seitens der Schwiegereltern. Professor Linde förderte ihn beruflich. Die Schwiegermutter sah immer wieder nach dem Rechten und sagte zum Abschied: 'Bis nächstes Mal! Ich warte immer noch auf eine freudige Überraschung.' Tante Luise begann, den Garten nach ihren Vorstellungen zu gestalten. Die Bank kassierte jeden Monat die Hälfte von Volkers Netto-Einkommen. Gleichzeitig blühte Simone in ihrem Studium auf.

Volker kam sich vor wie in einem Film, den er vor Jahren gesehen hatte. Es ging darin um eine kriminelle Gang, die dafür bekannt war, ihre Gegner besonders originell umzubringen. Im betreffenden Film wurde der Killer einer konkurrierenden Organisation gefangen genommen. Erst wurde er gefesselt. Dann steckte man seine nackten Füße in eine Wanne und füllte diese mit Beton. Volker dachte, dass der Mann seine Zehen wohl noch eine Weile bewegen konnte. Das war sein letzter Rest von Freiheit, aber irgendwann waren die Zehen einbetoniert. Der arme Kerl wurde zuletzt samt Wanne auf ein Boot gehievt und im Hudson-River versenkt.

Bald überstürzten sich die positiven Ereignisse: Simone bestand nach mehreren Anläufen ihr Examen, und die Adoptionsstelle des Landratsamts teilte dem jungen Paar mit, *dass demnächst ein Kind zugeteilt wird*. Volker überzog sein Konto und schenkte Simone einen Fiat Panda zu ihrem *Master*. Das sollte er bald bereuen, denn seine lebenslustige Frau war ab dem Zeitpunkt kaum noch zu Hause. Wenn sie auftauchte, war sie in Eile. Sie behandelte ihn wie einen lästigen Untermieter. Wenn er mit ihr über die unbefriedigende Situation reden wollte, sagte sie: 'Ja, Volker, aber bitte nicht jetzt! Ich muss los, bin spät dran. Vielleicht morgen …'

Eines Tages kam ein Brief von der Adoptionsstelle mit der Nachricht, nun sei tatsächlich ein Kind zugeteilt worden. Jetzt waren nur noch einige Formulare auszufüllen und zu unterschreiben. Volker erledigte das innerhalb von Minuten. Aber Simone, die so lange auf die Adoption gedrängt hatte, unterschrieb die Formulare nicht. Sie lagen zwei Wochen auf dem Wohnzimmertisch, bis Volker ungeduldig fragte: 'Simone, was ist los? Warum unterschreibst du nicht? Wo bist du überhaupt die ganze Zeit?' Und mit scherzhaftem Unterton: 'Hast du etwa einen anderen Mann?'

Nach vielem Herumgedruckse kam heraus: Ja, sie hatte einen anderen, einen schönen Italiener, der sich abwechselnd als Rennfahrer, Designer, Tanzlehrer, Dolmetscher oder Apnoe-Taucher ausgab. In Wahrheit arbeitete er als Geld-Eintreiber für die Mafia, aber das wusste Simone nicht – oder wollte es nicht wissen. Er hieß Antonio Molani. Simone kommentierte ihre Affäre so: 'Gefühle kann man nicht erzwingen.' Volker antwortete: 'Es stimmt, man kann sie nicht erzwingen. Aber man kann und muss sie disziplinieren. Sonst bleibt man auf dem Niveau pubertierender Jugendlicher.' Darauf sie: 'Das ist typisch für dich. Norddeutsch, protestantisch, verklemmt und gefühlsarm. Du hast keine Ahnung, was wirkliche Gefühle sind. Sie sind der Sinn des Lebens. Wer keine Gefühle hat, ist so gut wie tot.'

Sie mietete ein billiges 1-Zimmer-Apartment am Stadtrand und zog aus. Volker lebte nun allein im Bungalow seiner Schwiegermutter. Eines Tages rief Simone aus dem Krankenhaus an. Sie brauchte einige Sachen. Volker machte sich gleich auf den Weg. Sie lag in der Gynäkologie, aber sagte ihm nicht, warum. Als es ihm gelang, den zuständigen Arzt zu sprechen, fertigte der ihn ab: 'Ihre Frau hat mir untersagt, Sie zu informieren. Aber unter uns kann ich Ihnen sagen, dass alles sehr gut aussieht.' Volker fragte nach: 'Was soll das heißen?' Darauf der Arzt: 'Das darf ich Ihnen nicht sagen. In sieben Monaten können Sie diese Frage selber beantworten.'

Ein paar Tage später tauchte Simone plötzlich wieder auf. 'Mach dir keine Hoffnungen. Ich bin schon wieder weg. Meine sogenannte Beziehung ist beendet. Ich nehme mir jetzt eine Aus-Zeit.' Sie verkaufte den Fiat Panda und besorgte sich einen alten VW-Bus. Den stopfte sie mit Klamotten und Hausrat voll und fuhr nach Kalabrien. Das war kein Zufall, denn ihr schöner Latin-Lover war schon vorausgefahren.

Antonio Molani

Derweil braute sich über dem frustrierten Volker großes Unheil zusammen. Seine Schwiegereltern gaben seiner Ehe mit Simone keine Chance mehr. In der Klinik wurde er kühl behandelt. Aber damit nicht genug: Eines Tages bekam er vom Anwalt seiner Schwiegermutter eine Räumungsklage. Sie selber war nicht erreichbar. Volker rief ihren Anwalt an. Dieser sagte sinngemäß: 'Sie und Ihre Frau haben drei Monate Zeit, um das Anwesen von Frau Linde besenfrei zu räumen. Ihre Investitionen werden selbstverständlich nicht erstattet, weil Sie diese in Ihrem eigenen Interesse vorgenommen haben. Ihre Frau ist ebenfalls leistungsfrei, da bei Ihrer Eheschließung Gütertrennung vereinbart wurde. Sie als alleiniger Kreditnehmer müssen die Kredite also weiter bedienen. Aus Kulanzgründen verzichten wir darauf, dass Sie das Objekt zum ursprünglichen Zustand zurückbauen müssen.'

Für Volker war das eine fatale Situation. Er hatte weder Rücklagen noch eine Rechtsschutzversicherung. Zunächst ging er zu seiner Bank. Er hatte die Kredite für den Umbau aufgenommen, und seine Schwiegermutter hatte entsprechende Sicherheiten gegeben. Er dachte nun, dass er die Kredite einfach kündigen könnte und die Bank auf die Sicherheiten der Schwiegermutter zurückgreift. Aber so einfach war das nicht. Ihm wurde mitgeteilt, dass die Bank frei sei, entweder auf die Sicherheiten seiner Schwiegermutter oder auf seine Sicherheiten – im Klartext: die Pfändung seines Gehalts – zurückzugreifen. Die Bank würde zunächst Letzteres tun, weil dies kurzfristig erfolgversprechender sei.

Volker musste einen Anwalt nehmen und selber bezahlen. Simone war derweil in Kalabrien verschwunden. Volkers Probleme schienen sie nichts anzugehen. Er war inzwischen ausgezogen und hatte eine kleine Wohnung gemietet. Die Kreditzinsen für den Bungalow seiner Schwiegermutter und die neue Miete fraßen sein Gehalt auf. Er musste sich noch mehr verschulden, um den Anwalt bezahlen zu können.

Beim Gerichtstermin hatte er endlich ein wenig Glück, denn er geriet an einen Richter, der ein gewisses Augenmaß hatte. Dieser schlug einen Vergleich vor: Die Schwiegermutter sollte die Restschuld gegenüber der Bank übernehmen, während Volker alles Geld verlor, das er bis dahin in das Anwesen investiert hatte. Beide Parteien einigten sich auf diesen Vergleich. Volker hatte zwar einen Haufen Geld verloren, aber immerhin war er nun von diesen Krediten befreit.

Sein Anwalt machte ihn beiläufig auf ein anderes Problem aufmerksam: Falls Simone jetzt ein Kind bekäme, dann wäre er – Volker – im juristischen Sinne der *Kindsvater,* bis zum Beweis des Gegenteils. Dieser Beweis sei in der Regel nur schwer zu erbringen. Wenn sich die Mutter weigere und womöglich im Ausland lebe, sei dies praktisch aussichtslos. In dem Falle müsse der *juristische Kindsvater* für den Unterhalt der Mutter und des Kindes aufkommen.

Volker kam sich vor wie ein Skat-Spieler beim *Ramsch*. Bei dieser Spielvariante geht es darum, möglichst wenig Punkte zu machen. Es ist wichtig, sich früh *freizuspielen,* das heißt, alle schlechten Karten loszuwerden, um nicht *den dicken Rest* zu bekommen. Volker meinte, dass er sich gerade noch rechtzeitig *freigespielt* hatte, aber diesbezüglich hatte er sich getäuscht, denn sein Blatt war immer noch mies.

Er schrieb seiner Frau, er habe ein Scheidungsverfahren eingeleitet. Sie gab sich überrascht und schrieb zurück, man müsse *nichts überstürzen*. Aber Volker bestand darauf und nannte ihr den offiziellen Termin. Zwei Tage vor diesem Datum rief sie an und fragte ihn, ob er sie am Flughafen abholen könne. Obwohl er dazu eigentlich keine Lust hatte, sagte er zu. Als sie in die Wartehalle kam, trug sie ein kleines Mädchen auf dem Arm. 'Danke, dass du gekommen bist', sagte sie. 'Darf ich vorstellen: Das ist unsere Tochter Amanda.'

Zum Scheidungstermin erschien sie mit einem Anwalt, der für seine Mandantin das Sorgerecht beantragte und regelmäßige Unterhaltszahlungen 'des Kindsvaters' forderte. So wurde es beschlossen. Volkers spontane Ankündigung, die

Vaterschaft anzufechten, hatte keine aufschiebende Wirkung. Da Simone während der Ehe kein eigenes Einkommen hatte, wurde ihm überdies ein Versorgungsausgleich aufgebrummt.

Er war zwar versucht, eine offizielle Vaterschaftsfeststellung zu beantragen, tat es jedoch nicht, aus zwei Gründen: Erstens konnte er nicht sicher sein, wie sie ausgehen würde. Falls er nämlich als der wirkliche Vater bestätigt würde, hätte er sich gesellschaftlich total blamiert. Und zweitens war sein früherer Schwiegervater immer noch der Chefarzt der Chirurgischen Abteilung. Eine offene Konfrontation mit ihm hätte fatale Konsequenzen gehabt. So aber blieb Volker mit seinem Chef familiär verbunden. Die Beziehung der beiden war inzwischen zwar etwas distanziert, aber nicht unfreundlich.

Volker hatte jetzt einen Haufen Schulden, doch diese konnte er nach und nach trotz der Unterhaltszahlungen abbauen. Fünf Jahre später verließ er die Uni-Klinik und eröffnete eine eigene Praxis für Kleinchirurgie – in jener Jugendstil-Villa am *Rosenweg* in *Hammelsberg*. Er hatte sie günstig bekommen, über eine Erbpacht. Der vorherige Besitzer – zufällig einer seiner Patienten – war bereits nach zwei Monaten gestorben. Das klang nicht ganz astrein, doch nach einiger Zeit redete niemand mehr darüber.

Jetzt war Volker zwar endlich seine Schwiegereltern los, aber er zögerte trotzdem, die Vaterschaft für Amanda klären zu lassen. Er konnte sich nämlich immer noch nicht sicher sein, wie das Verfahren ausgehen würde. Außerdem hätte es merkwürdig ausgesehen, wenn er sich zu diesem Schritt erst nach fünf Jahren entschlossen hätte. Mittlerweile hatte er nämlich eine gutgehende Praxis und wollte nicht in den örtlichen Tratsch gezogen werden.

SIMONE UND AMANDA

Simones Scheidung sprach sich schnell herum. Hinter vorgehaltener Hand wurde getuschelt, ihr Ex-Mann Dr. Stein sei nicht der wirkliche Vater der kleinen Amanda. Für das gesellschaftliche Ansehen der Familie Linde war das ziemlich abträglich, und Professor Linde sorgte sich in der Klinik um seine berufliche Autorität. Hinter jedem Kichern der Krankenschwestern vermutete er einen respektlosen Scherz. Die Erfolgsgeschichte seiner Familie war plötzlich vorbei. Alles hatte sich perfekt gefügt, und nun die Katastrophe: eine geschiedene Tochter mit einem Kind zweifelhafter Herkunft!

Simone war inzwischen aus Kalabrien zurück und wohnte mit der kleinen Amanda wieder bei ihren Eltern in Tutzing. Es gab viele Auseinandersetzungen, bis Simone eines Tages ausrastete: 'Wisst ihr was, ihr Spießer: Steckt euch euren Standesdünkel und euer Geld sonstwo hin! Ich verachte, ja hasse euch, das habe ich immer getan. Eine arrogante, aufgetakelte Mutter und ein Gockel als Vater. Da kann die gemeinsame Tochter ja nur eine Missgeburt sein. Also: Auf Nimmerwiedersehen!' Dann packte sie Amanda am Arm, schlug die Haustür zu und verschwand.

Das ließen sich die Eltern nicht bieten. Sie machten sich kundig, wie sie Simone enterben könnten, aber das war nicht einfach, denn ihr stand ein Pflichtteil zu – das wusste sie natürlich. Doch sie ahnte nicht, dass die Eltern bis zum Äußersten gehen würden: Sie vermachten ihren gesamten Besitz noch zu Lebzeiten einer Stiftung für psychosomatische Krankheiten, auch ihr schönes Haus am See. Hier lebten sie nun zur Miete und achteten darauf, dass sich aus den laufenden Einkünften kein neues Vermögen anhäufte. Prof. Linde war ein gebrochener Mann, ging bald in den vorzeitigen Ruhestand und wurde Patient der von ihm selber finanzierten

Stiftung. Als er starb, hatte er nichts zu vererben, und so war es auch, als Frau Linde starb.

Für Simone war das ein Schock, denn in ihrer Lebensplanung hatte die Erbschaft eine zentrale Rolle gespielt. Von ihrem geschiedenen Mann bekam sie nach dem Mutterschaftsschutz nur noch den Unterhalt für die Tochter und das staatliche Kindergeld. Nun musste sie sich eine Arbeit suchen, das war für eine Psychologin nicht einfach. Schließlich bekam sie mit Glück eine Halbtagsstelle in der städtischen Leihbücherei. Das Geld war also knapp. Die beiden wohnten in einem miesen Betonblock am Stadtrand und gingen sich zunehmend auf die Nerven.

Amanda war wie viele der damaligen und heutigen Kinder: egoistisch, larmoyant, dumm, frech, laut, faul und frühreif. Ihre Mutter war für sie 'eine komplette Idiotin', aus zwei Gründen: 1. hatte sie einen gut situierten Ehemann 'wegen einer durchgeknallten Sexgeschichte' verlassen, 2. ohne Not ihre Eltern verprellt und dadurch 'viel Kohle verschenkt'. Ihrer Mutter hielt sie vor: 'Das hast du davon, und ich muss es mit dir zusammen ausbaden. Ganz ehrlich: Du kotzt mich an!' Etwa in diesem Tonfall lief das Ganze jahrelang ab.

Amanda flog mit 14 von der Schule und kam in ein Internat. Die Ferien verbrachte sie bei der Mutter. Beide waren froh, wenn die Schule wieder anfing. Als Amanda 18 wurde, jobbte sie eine Weile in einem Getränkemarkt und flog anschließend nach Gomera. Dort lernte sie ihren späteren Mann kennen. Er hieß Alexander Heyse.

Manche Menschen meinen, das wahre Leben könne gar nicht so verrückt sein wie die Fantasie. Aber das stimmt nicht, denn selbst ein begabter Romanautor wäre nicht in der Lage, sich eine Biografie wie die von Alexander Heyse auszudenken.

AMANDAS EHEMANN ALEXANDER HEYSE

Alexander Heyse wurde in Hamburg geboren. Er war ein intelligenter und ehrgeiziger Junge, der sämtliche Bücher las, die er in die Hand bekam. Dabei identifizierte er sich nicht nur mit strahlenden Helden, sondern auch mit raffinierten Betrügern. Dies prägte sein späteres Leben, aber vielleicht war es auch andersherum: In seiner Persönlichkeit waren die Helden und raffinierten Betrüger bereits latent angelegt. Deshalb interessierte er sich für sie, und sie verstärkten seine charakterliche Vorprägung.

Er glaubte, etwas ganz Besonderes zu sein, und träumte von einer grandiosen Karriere ohne Anstrengung. Er war der Ansicht, dass Ehre, Reichtum und Glück den wahrhaft bedeutenden Menschen einfach zufallen. Sie durften sich keinesfalls im kleinkarierten Alltag und in mühsamen Berufskarrieren aufreiben, denn auf diese Weise würden sie die besondere Gnade, die ihnen zuteil geworden war, verschleudern. Hochstapler war für ihn ein Beruf wie jeder andere.

Alexanders Vater war Polizist und ein strenger Mann. Die Mutter, eine engagierte Calvinistin, war der Ansicht, der Sinn des Lebens bestehe darin, die von Gott geschenkten Talente zu entfalten und dazu beizutragen, die Welt etwas besser zu machen. Alexander entfaltete zwar seine Talente, aber er wollte nicht dazu beitragen, die Welt etwas besser zu machen. Das Gymnasium musste er vorzeitig verlassen. Bald danach brach er eine Ausbildung zum Innendekorateur ab.

Er flanierte den ganzen Tag durch die Stadt und entwickelte einen dandyhaften Lebensstil – allerdings mit wenig Geld. Er wollte nicht bei irgendeiner untergeordneten Tätigkeit gesehen werden. Deswegen fuhr er hin und wieder als Zugbegleiter im Schlafwagen mit dem Nachtzug von Hamburg nach München. Von dem kleinen Einkommen lebte er recht und schlecht. Von seinen enttäuschten Eltern bekam er kein Geld, doch durfte er noch zu Hause wohnen.

Personen, die ihn nicht kannten, stellte er sich als Architekt vor. Er kleidete sich so, wie er sich einen italienischen Architekten vorstellte: sportlich, locker und elegant. Diese Kleidung suchte er sich in mehreren Secondhand-Shops zusammen. Am späten Vormittag pflegte er die *Frankfurter Allgemeine* aus einem Zeitungsständer zu stehlen. Er klemmte sie locker unter den Arm und setzte sich danach – gut sichtbar – in ein Café an der Alster. Dort bestellte er einen Espresso. Mit diesem verbrachte er über eine Stunde. Die Zeitung interessierte ihn nicht, aber er schlug meistens das Feuilleton oder den Wirtschaftsteil auf, um zumindest den Ober – möglicherweise auch andere Gäste – zu beeindrucken.

Er rauchte nicht, doch hatte er immer einige Cigarillos in einem silbernen Etui dabei, das er offen auf den Tisch legte. Wenn irgendwo ein teures Auto geparkt war, stellte er sich neben die Fahrertür und tat so, als wolle er einsteigen. Dann zögerte er einen Moment, sah auf seine Armbanduhr und ging schnell weg, weil er vermeintlich etwas vergessen hatte.

Eines Tages überwarf er sich mit seiner Familie und verschwand aus Hamburg, ohne eine Anschrift zu hinterlassen. Er fuhr als Zugbegleiter mit dem Nachtzug nach München und in der folgenden Nacht nach Genua. Dort quittierte er seinen Dienst bei der Bahn und ging an Bord eines Kreuzfahrtschiffes. Dem wachhabenden Offizier stellte er sich als deutscher Innenarchitekt vor. Er sei spezialisiert auf Kreuzfahrtschiffe und komme im Auftrag der Reederei, um einen Renovierungsplan zu entwerfen. Das werde einige Wochen dauern. Seinen Ausweis, den Arbeitsvertrag und die Pläne habe er im Koffer. Er werde sie später vorlegen. Der Offizier wies ihm eine Außenkabine auf dem Oberdeck zu. Als am selben Abend die Passagiere an Bord gingen, hatte man

Alexander längst vergessen. Er wurde von den Urlaubern sozusagen verschluckt.

Er reiste nun 1. Klasse von Genua über Barcelona, Gibraltar, Madeira nach Teneriffa. Dort lernte er Amanda auf der Hafenmole kennen. Ihm war nicht klar, ob sie als Prostituierte unterwegs war, und ihr selber war das auch nicht ganz klar, denn sie dachte: *Ab und zu eine bezahlte Nummer macht mich noch lange nicht zur Nutte.* Sie hatte inzwischen einen *spirituellen Namen,* nämlich *Mimi.* Obwohl sie gerade aus einer Sekte in Gomera geflohen war, wollte sie dorthin zurück. Alexander versteckte sie an Bord. Heimlich verließen beide das Schiff in Gomera. Dort wurden sie von den *Children of God* begrüßt.

Diese Sekte bestand zum größten Teil aus Amerikanern und Kanadiern. Ihr Anführer, der als Holy Brother fungierte, hieß eigentlich Richard Smith und stammte aus Texas. Man sagte, er habe Physik studiert und sei Professor an der Universität von Boston gewesen. Er unterstützte dieses Gerücht mit Aussagen folgender Art: 'Jeder Naturwissenschaftler begegnet irgendwann Gott, aber die meisten trauen sich nicht, dies öffentlich zu bekennen, weil sie um ihre wissenschaftliche Reputation fürchten. Ich habe erkannt: Wir müssen allen Ballast abwerfen – Familie, Monogamie, Besitz, Bildung, Wissenschaft, Religion, bürgerliche Moral und sämtliche politischen Ideologien. Dann werden wir ganz leer und ganz klar. Wir erkennen Gott und begreifen, dass wir ein Teil von ihm sind.'

Der Alltag der *Children of God* drehte sich hauptsächlich um Sexualität und Marihuana. Was sie zum Überleben benötigten, wurde gestohlen. Ein moralisches Problem hatten die Mitglieder damit nicht, ganz im Gegenteil, denn sie gaben den Bestohlenen eine Chance zur geistigen Reifung, indem sie deren Besitz minderten. Das *Haften am Eigentum* galt als wesentliches Hindernis bei der spirituellen Läuterung. Die Initiation war schmerzhaft. Jedes neue Mitglied musste sich in die linke Handfläche ein Dreieck mit dem Auge Gottes tätowieren lassen. Das war wichtig, weil der übliche Gruß darin bestand, die linke Hand nach vorne zu öffnen und mit fröhlichem Gesichtsausdruck zu sagen: 'God bless you!'

Sexualität und Marihuana waren für Alexander neue Erfahrungen, die er zunächst interessant fand, aber bald langweilig. Außerdem erinnerte er sich an sein großes, noch unbekanntes Projekt. Der Entschluss, die Sekte bald wieder zu verlassen, hing jedoch mit jener Tätowierung zusammen, denn der *Holy Brother* erledigte das höchstpersönlich, und zwar auf ganz traditionelle Art, nämlich mit Sepia-Tinte und dem Dorn einer Rose. Als das Dreieck nach zwei Sitzungen fertig war, verzichtete Alexander auf das Auge Gottes und verschwand nachts aus dem Paradies der Gotteskinder.

Er wartete das nächste italienische Kreuzfahrtschiff ab und ging an Bord mit derselben Masche wie in Genua. Niemand überprüfte seine Geschichte. Er bekam wieder eine Kabine 1. Klasse und hatte diesmal das große Los gezogen, denn das Schiff machte eine Weltumrundung. Die Fahrt verlief längs der afrikanischen Westküste nach Süden, um das Kap der Guten Hoffnung, dann nach Norden längs der afrikanischen Ostküste, von Sansibar nach Goa, dann nach Sri Lanka, Thailand, Borneo und Australien. Von dort sollte die Reise über den Pazifik bis zum Panama-Kanal weitergehen, danach durch die Karibik bis nach Barbados, weiter längs der südamerikanischen Ostküste bis nach Rio de Janeiro und schließlich über Madeira und Barcelona nach Genua.

Alexander verließ das Schiff in Sydney. Er sagte dem Kapitän, seine Arbeit sei erledigt und er werde nach Genua zurückfliegen. In Sydney beantragte er eine reguläre Einwanderung, weil er dachte, auf diese Weise am leichtesten eine neue Identität zu bekommen. Seine kleinbürgerliche Herkunft klebte wie Pech an seinen Füßen. Er wollte frei sein für sein großes unbekanntes Projekt und dachte, dass man dafür am besten die Vergangenheit völlig auslöscht.

Wie würde es aussehen, wenn er weltberühmt wäre und irgendein Lehrer oder Klassenkamerad würde über seine Schulzeit berichten, der Direktor der Berufsschule würde seine Zeugnisse veröffentlichen, die enttäuschten Eltern würden sich zu Wort melden und der *Holy Brother* von Gomera würde Nacktfotos von ihm und Mimi an die Presse weitergeben? Das musste er verhindern, doch es war nicht so einfach, wie er sich das vorgestellt hatte. In den Formularen der Einwanderungsbehörde vertauschte er seinen Vor- und Nachnamen, aber ins Kästchen für den Vornamen schrieb er *Heino* statt *Heyse*, weil das erkennbar kein Vorname ist, und ins Kästchen mit dem Nachnamen *Alexander*. Er unterschrieb das Dokument mit *Heino Alexander*. Doch damit kam er nicht durch.

Der Betrüger gab sich unschuldig und sagte, er habe das Formular nicht aufmerksam genug gelesen und schludrig geschrieben. Dann füllte ein neues Formular korrekt aus. Bei der Überprüfung konzentrierte sich der Beamte auf den Namen und übersah dabei eine zweite Unkorrektheit: die Berufsbezeichnung *Architekt*. Er vergaß, entsprechende Nachweise anzufordern, und stufte Alexander in der Prioritätenliste der Einwanderer ganz nach oben. Drei Monate später wurde er offiziell eingebürgert und war jetzt nicht nur australischer Staatsbürger, sondern auch amtlich anerkannter Architekt.

Nun begann er, nach Personen mit dem Nachnamen *Heyse* zu suchen, um sich als entfernter Verwandter auszugeben und auf diese Weise ein bisschen Geld zu ergaunern. Bei der Suche im Internet stieß er auf eine Immobilien-Anzeige, die ihn faszinierte: In der Nähe von Budweis stand das *Schloss Heyse* zum Verkauf, und zwar für den symbolischen Preis einer tschechischen Krone. Der Käufer musste sich allerdings verpflichten, die Burg fachmännisch renovieren zu lassen.

Alexander informierte sich über die Geschichte dieses Schlosses und erfuhr, dass der letzte Spross der freiherrlichen Familie von Heyse im Jahr 1945 während seiner Flucht vor der Roten Armee an Typhus gestorben sei. Nun meldete Alexander sein Interesse am betreffenden Schloss an. Er flog nach Prag, stellte sich im zuständigen Büro der tschechischen Schlösser- und Seenverwaltung vor und behauptete, ein Nachkomme der Familie von Heyse zu sein, die jahrhundertelang das Schloss besessen habe. Nach dem Zweiten Weltkrieg sei der einzige Bruder des letzten Besitzers und zugleich der nächste Erbberechtigte – nämlich Alexanders Vater – nach Australien ausgewandert. Durch eine Nachlässigkeit der dortigen Behörden habe er seinen Adelstitel verloren und sich nicht weiter darum gekümmert. Alexander habe aber bereits einen förmlichen Antrag gestellt, den Adelstitel wieder zu erlangen. Die Dokumente über seine Abstammung habe er in Sydney beim Standesamt eingereicht. Er wolle das Schloss aus sentimentalen Gründen kaufen, um das Familienerbe zu erhalten. Alle Papiere unterschrieb er mit *Alexander Freiherr von Heyse*. Dem Sachbearbeiter erschien die Geschichte plausibel, und er machte sich nicht die Mühe, die Angaben zu überprüfen. Lediglich der australische Pass wurde nach Prag weitergeleitet und dort für echt befunden.

Zwei Wochen später bekam der frisch geadelte *Alexander Freiherr von Heyse* den Kaufvertrag ausgehändigt. Mit diesem Dokument wandte er sich an die konsularische Abteilung der australischen Botschaft und bat um die Restitution seines Adelstitels. Er argumentierte, die tschechischen Behörden hätten seine Abstammung nach gründlicher Überprüfung anerkannt und mit dem vorliegenden Kaufvertrag offiziell bestätigt. Falls gewünscht, werde er die betreffenden Unterlagen, die bei der Schlösser- und Seenverwaltung hinterlegt seien, nachreichen, sobald er sie habe. Jetzt bitte er aber um eine zügige Erledigung, damit er sich im zuständigen Einwohnermeldeamt korrekt eintragen lassen könne.

Die australische Botschaft zeigte keine große Neigung, sich länger mit diesem Fall zu beschäftigen, und händigte ihm neue Papiere mit dem gewünschten Namen aus.

So bezog *Alexander Freiherr von Heyse* sein Schloss. Es war in desolatem Zustand. Zunächst lebte er in einem Zelt, das von den Pfadfindern nach einem Ferienlager hinterlassen worden war. Dann ließ er sich von der Schlösser- und Seenverwaltung einen Baucontainer in den Schlosshof stellen. Dieser war wetterfest und beheizbar. Hier richtete er sich auf Dauer ein. Die Renovierung begann er nur zum Schein. Einige Mauern, die einsturzgefährdet waren, wurden vom Bauhof der benachbarten Stadt mit Gerüsten gesichert. In einiger Entfernung vom Schloss stand ein altes Stallgebäude, dessen Dach zum Teil eingebrochen war. Alexander vermietete es an eine Baufirma als Lagerhalle. Die Miete war zwar niedrig, aber dafür musste jene Firma das Dach in Ordnung bringen. Obwohl Alexander noch nichts investiert hatte, sah es so aus, als hätte die Renovierung bereits begonnen. Die Miete vom alten Stallgebäude reichte ihm zum Überleben.

Obwohl er sich selber als Architekt ausgab, bat er die Schlösser- und Seenverwaltung, die Planungsarbeiten auszuschreiben, weil er kein Spezialist für die Restaurierung historischer Gebäude sei. Mehrere Architekten reichten Vorschläge ein. Diese diskutierte er ausführlich mit dem Amt für Denkmalschutz und legte es darauf an, dass immer Einsprüche und Verbesserungsvorschläge kamen, die den Beginn der Arbeiten verzögerten. Wenn er darauf angesprochen wurde, wann die Arbeiten am Hauptgebäude endlich beginnen, machte er ein griesgrämiges Gesicht und sagte: 'Das wüsste ich auch gerne. An mir liegt es nicht. Sie kennen ja die hiesigen Behörden. Dann können Sie sich auch vorstellen, was ich durchmache. Ich habe schon mehrmals daran gedacht, alles hinzuschmeißen und nach Australien zurückzukehren. Aber ich bin ein zäher Bursche. So schnell gebe ich nicht auf …' usw.

Er hatte noch keine klaren Vorstellungen, was er mit der Ruine anstellen wollte und wie sein weiteres Leben ablaufen würde, doch eines Tages stolperte er buchstäblich über sein Glück. Als er über den Schlosshof ging, stieß er mit dem Fuß zufällig gegen ein kleines Metallstück, das aus der Erde ragte. Er holte eine Hacke und grub es vorsichtig aus. Als er die Erde entfernte, kam Gold zu Vorschein. Er hatte keinen Zweifel, dass es Gold war, denn Messing oder Bronze wären längst korrodiert und eloxiertes Aluminium hatte seiner Ansicht nach einen anderen Glanz. Er ging in seinen Container und reinigte das Objekt mit Wasser und Bürste. Schließlich hielt er eine goldene Zuckerdose in der Hand. Vorne war das Wappen der Freiherren von Heyse und die Jahreszahl *1742* eingraviert.

Alexander dachte: *Wo eine goldene Zuckerdose liegt, findet man vielleicht noch andere interessante Dinge.* Offenbar hatte der letzte Schlossbesitzer vor der überstürzten Flucht viele Wertgegenstände vergraben, da er hoffte, irgendwann zurückzukehren. Doch musste Alexander jetzt vorsichtig sein, denn im Kaufvertrag hatte die Schlösser- und Seenverwaltung darauf bestanden, dass *alle beweglichen historischen Objekte,* die bei der Renovierung entdeckt würden, an die zuständige Abteilung des Kultusministeriums abzugeben seien.

Alexander beschloss, die Zuckerdose zu verkaufen, und zwar in Deutschland, weil er sie nicht in Tschechien anbieten wollte. Er fuhr nach Passau. Das höchste Gebot belief sich auf 8000 Euro, *direkt auf die Hand, ohne Papierkram.* Alexander ahnte natürlich, dass die Dose viel wertvoller war, aber unter den gegebenen Bedingungen war er mit dem Preis zufrieden.

In Passau kaufte er einen Renault-Kangoo für 900 Euro. Das war für ihn das ideale Fahrzeug: sparsam, robust, geräumig. In Budweis wurde anerkennend registriert, dass der *Freiherr von Heyse* nicht protzig daherkam, sondern mit einem gebrauchten Renault in die Stadt fuhr, um einzukaufen. Er bestellte bei der Schlösser- und Seenverwaltung einen zweiten Baucontainer und ließ ihn genau auf jene Stelle setzen, wo er die Zuckerdose gefunden hatte. Der Boden des Containers war leicht zu öffnen. Er bestand aus dünnem Wellblech, einer Schicht Isoliermaterial und einer Lage Spanplatten.

Hier grub der frisch geadelte Schlossherr nach und nach einen wahren Schatz aus: nicht nur zahlreiche Gegenstände aus Edelmetall, sondern auch aus Elfenbein, Kristall, Jade, Bernstein und altem chinesischem Porzellan. In einer Blechkiste lagen historische Dokumente, einige davon aus dem 15. Jahrhundert, alle gut erhalten. Alexander nahm einen Brief heraus, auf dem ein guter Abdruck des Wappens der Freiherren von Heyse im Siegellack erhalten war. Bei seiner nächsten Reise nach Passau ließ er sich einen Siegelring nach diesem Muster anfertigen. Er rieb ihn ein wenig mit feinem Sandpapier, damit er alt aussah.

Jetzt war Alexander ein Geheimtipp für alle Antiquitätenhändler in Passau, aber er agierte vorsichtig und beschränkte seine Kontakte auf wenige Hehler seines Vertrauens. Innerhalb von zwei Jahren war er Millionär. Nun investierte er in die Renovierung des Schlosses, um das tschechische Amt für Denkmalschutz zufriedenzustellen. Er begann mit der Sanierung der Grundmauern. Danach baute er den sogenannten Wirtschaftstrakt wieder auf: Küche und Vorratskammer, Wasch-, Bügel- und Heizraum, die Werkstatt des Hausmeisters sowie die Zimmer, Bäder und Toiletten des früheren Dienstpersonals. Hier wohnte er nun selbst. Bald sprach sich herum, der edle Herr sei so bescheiden, dass er sich in den Räumen der Mägde und Knechte eingerichtet habe.

Der Wiederaufbau des Schlosses ging weiter, und nach sechs Jahren wurde Eröffnung gefeiert. Alexander hatte es geschafft. Doch nichts ist so enttäuschend wie die Verwirklichung eines großen Traums. Was sollte jetzt noch kommen? Wohin mit der Energie? Alexander bekam an diesem Tag zwar große gesellschaftliche Anerkennung, aber schon am nächsten Tag war er nicht mehr so bedeutend, wie er gerne gewesen wäre.

Zur Stabilisierung seines sozialen Status fehlte noch etwas, nämlich eine Familie. Aber wo sollte er in Tschechien eine adlige Frau hernehmen? Solche Frau gab es dort seit dem

Ersten Weltkrieg nicht mehr, und hätte eine Tschechin eine solche Abstammung vorgetäuscht, wäre das in dem kleinen Land nicht verborgen geblieben.

Er musste also eine Frau importieren – wie es im höheren Adel schon immer üblich war. In seinem Leben hatte es bis dahin nur eine einzige Frau gegeben, und zwar Amanda bzw. Mimi. Er fuhr nach Gomera und machte ihr einen Heiratsantrag. Sie fand das 'total süß' und 'supergeil'. In Budweis ließ er das Gerücht streuen, die künftige Freifrau stamme aus altem deutschen Adel. Ein Jahr später wurde ihre Hochzeit mit großem Pomp im Schloss gefeiert. *Amanda Freifrau von Heyse* bekam bald den Ruf, sie sei natürlich und volkstümlich. Das war eine höfliche Umschreibung für ungebildet-prollig. Das junge Eheglück währte nicht lange: Auf einer seiner Hehlerfahrten nach Passau verunglückte Alexander tödlich.

Die junge Freifrau machte das Beste daraus. Sie lud die *Children of God* ein, mit ihr im Schloss zu leben. Bald bekam sie noch einen zweiten Titel: Sie wurde *Erste Ministrantin des Holy Brother* und durfte in seinem Bett schlafen.

Ein tschechischer Journalist ließ sich unter falschem Namen in die Gemeinschaft aufnehmen und begann, heimlich zu recherchieren. Eines Abends erschien ein skandalöser Bericht im Fernsehen. Noch in derselben Nacht gab es im Schloss eine Razzia. Amanda hatte Glück, denn sie war zu der Zeit in Budweis. Als sie zum Schloss zurückfuhr, sah sie zahlreiche Polizeifahrzeuge. Sie drehte postwendend um und fuhr direttissime über die Grenze. Nach langen Ermittlungen wurde gegen alle Verhafteten Anklage erhoben: Drogenbesitz, Drogenhandel, illegale Einwanderung, Unterschlagung von Staatsbesitz, Verbreitung von Falschgeld, Steuerhinterziehung, Kreditbetrug, Rezeptbetrug, Diebstahl, Fälschung von Dokumenten, Erschleichung der Staatsbürgerschaft, Sex mit Minderjährigen, unberechtigtes Führen eines Titels, Fahren ohne Führerschein usw.

Bei ihrer überstürzten Flucht hatte Amanda außer ihrem Ausweis und etwas Geld nichts dabei. Wo sollte sie hin? Da erinnerte sie sich an den ehemaligen Liebhaber ihrer Mutter, der nicht mehr in München lebte, sondern nach Kalabrien zurückgekehrt war. Vielleicht war er ihr biologischer Vater und würde etwas für sie tun. Sie wusste, wie er hieß: Antonio Molani.

Sie ließ ihren Wagen an einer Autobahnraststätte bei Passau stehen, weil sie fürchtete, dass nach ihr gefahndet wurde. Dann trampte sie nach Reggio Calabria. Hier hatte Antonio Molani früher gewohnt – das hatte er jedenfalls gesagt. Aber sie fand ihn nicht. Sein Name stand nicht im Telefonbuch, und er war auch nicht im Internet registriert.

Sie blieb trotzdem mehrere Jahre in Kalabrien, lebte zeitweise in einer Hippie-Kolonie, verdiente etwas Geld mit Drogen und ließ sich von verschiedenen Männern aushalten.

Dann wurde sie plötzlich krank. Da sie nicht ins Krankenhaus von Reggio eingeliefert werden wollte, fuhr sie nach Deutschland und meldete sich in der Notaufnahme jener Uni-Klinik, in der ihr Großvater Chefarzt gewesen war. Sie hatte Hepatitis. Beiläufig kam heraus, dass sie nicht krankenversichert war. Zusammen mit den Entlassungspapieren bekam sie eine private Rechnung in die Hand gedrückt. Jetzt wurde es ernst, und sie hatte die bereits erwähnte Wahl zwischen drei unattraktiven Möglichkeiten: Entweder zum Sozialamt gehen oder zur Mutter bzw. zum (legalen) Vater ziehen. Sie entschied sich für Letzteres.

Sie war 31 und ihr Vater 62.

Amandas Freunde in Kalabrien

AMANDAS ANRUF BEI IHREM VATER

'Stein.'
'Hier ist Amanda. Wie soll ich dich anreden. Papa? Vater? Volker?'
'Amanda? Höre ich richtig? Habe ich Halluzinationen? Amanda?'
'Ja, Amanda.'
'Wie du mich nennen sollst? Keine Ahnung. Das ist mir ziemlich egal. Meinetwegen *Vater*, obwohl ... Na, du weißt schon. Also was ist los? Ich nehme an, du brauchst Geld.'
'Ja, irgendwie schon.'
'Irgendwie schon? Was soll das heißen?'
'Ja, ich brauche Geld.'
'Und warum? Arbeitest du nicht?'
'Ich habe keine Berufsausbildung. Gelegenheitsjobs kriege ich auch nicht. Ich habe auch keine Krankenversicherung. Und keine Wohnung.'
'Wo wohnst du?'
'Nirgends. Ich schlafe nachts in einer Kirche.'
'Und was hast du die ganzen Jahre gemacht?'
'Ich war im Ausland.'
'Im Ausland! Das klingt ja fast wie ein Studium oder eine anspruchsvolle Arbeit, aber ich kann mir gut vorstellen, wie du im Ausland gelebt hast. Und jetzt tauchst du nach Jahren wieder auf und willst Geld von mir. Warum bettelst du nicht deine Mutter an?'
'Sie lebt von Sozialhilfe.'
'Na wunderbar! Die Mutter lebt von Sozialhilfe, und die Tochter treibt sich in der Gegend herum, bis sie total abgebrannt ist. Jetzt soll ich ihr helfen. Also gut, ich will es mir überlegen. Aber umsonst gibt es bei mir nichts. Ruf mich morgen um dieselbe Zeit noch einmal an.'

- - - - - - - - - -

'Stein.'

'Hallo, Vater, ich bin's nochmal, Amanda.'

'Ja, ich habe es mir überlegt. Meine Haushälterin hat vor zwei Wochen gekündigt, und ich habe noch keine Nachfolgerin. Du kannst diesen Job probeweise übernehmen. Wir schauen mal, ob das funktioniert. Ich habe Arthritis und bin dadurch ziemlich eingeschränkt. Vor einem Jahr habe ich deswegen meine Praxis aufgegeben. Abgesehen von meiner vorgezogenen Rente bekomme ich Pflegegeld, Pflegestufe 1 – etwas über 200 Euro. Das ist zwar nicht viel, aber immerhin! Dieses Pflegegeld könnte ich dir als Gehalt bar auszahlen. Kost und Logis sind frei. Das dürfte sich ungefähr zum gesetzlichen Mindestlohn summieren. Ansonsten wird alles genau abgerechnet. Im Parterre ist immer noch meine Praxis. Ich will sie nicht herausreißen, weil ich sie später vielleicht vermieten oder mit dem ganzen Haus verkaufen will. Dort kannst du fürs Erste wohnen. Die Praxismöbel kannst du verrücken, nur will ich nicht, dass dort fremdes Mobiliar hineingestellt wird. Ich will auch nicht, dass vom jetzigen Mobiliar irgendetwas entfernt wird. Ist das ein attraktives Angebot?'

'Ich weiß nicht recht … Ich dachte …'

'Gut, dann eben nicht!'

'Nein, so habe ich es nicht gemeint!'

'Wie hast du es denn genau gemeint?'

'Ich wollte sagen, dass ich dein Angebot sehr großzügig finde. Das habe ich nicht so gut rübergebracht.'

'… nicht so gut rübergebracht … In der Tat. Also gut: Dienstbeginn ist morgen früh um 8 Uhr. Dann klären wir die Details. Eines vorweg: In meinem Haus gibt es keine privaten Besuche. So, das war's. Auf Wiederhören!'

DR. STEIN

Dr. Stein war 62 Jahre alt, ziemlich klein und etwas untersetzt. Da er in seiner Praxis nur Privatpatienten behandelt hatte, ging es ihm finanziell so gut, dass er bereits mit 60 seinen weißen Kittel an den Nagel hängen konnte. Er hatte dünne graue Haare. Meist trug er eine goldene Brille mit runden, dunklen Gläsern. Wenn er darauf angesprochen wurde, behauptete er, er sei besonders lichtempfindlich. Der örtliche Augenarzt sagte jedoch jedem, der es hören wollte, das sei Unsinn und eine bloße Marotte. 'Kollege Stein ist ein ehrenwerter Mann, aber – gelinde gesagt – etwas sonderbar.' Wer Dr. Stein nicht kannte, hätte denken können, er sei blind.

An der linken Wange hatte er zwei kräftige Schmisse von studentischen Mensuren. Der obere war schräg und reichte bis auf den Nasenrücken. Dort changierte die Farbe der dünnen Haut zwischen lila und weinrot. Der untere Schmiss war fast senkrecht, wellig vernarbt und immer etwas blutig, weil sich Dr. Stein mit einem altertümlichen Barbiermesser zu rasieren pflegte. Da er die Haut an dieser Stelle nicht richtig glattziehen konnte, wurde immer etwas abgehobelt. Das spürte er freilich kaum, weil das Barbiermesser extrem scharf war. Es mag heutzutage überraschend klingen, dass solche Messer früher an einem Lederriemen geschärft wurden. So machte es auch Dr. Stein. Doch das nur nebenbei.

Das Fazit dieses kleinen Einschubs lautet: Dr. Stein sah immer aus, als käme er direkt vom Paukboden nach einer Mensur. In einem Waffenschrank bewahrte er seit seiner Studentenzeit die wichtigsten Requisiten dieser ehrenhaften Verstümmelung auf: einen Korbschläger mit scharfer Klinge, eine Paukbrille mit Nasenblech, einen Kettenschutz für Hals und Schultern, ein Kettenhemd sowie zwei Mensurhandschuhe. Auf das Nasenblech, das an der Paukbrille befestigt wurde, hatte Dr. Stein bei der ersten Mansur absichtlich verzichtet. Als dauerhafte Belohnung hatte er jetzt den wunderschönen Schmiss über dem Nasenrücken. Die wichtigste Ikone in jenem Schrank war eine kleine schwarze Schachtel, in der das *Corporationsband* aufbewahrt wurde. Dr. Stein trug es bei festlichen Ereignissen, und zwar, wie es sich gehört: schräg über der Brust, über dem Hemd, unter dem Jackett.

Das geheime Erkennungszeichen der *Bundesbrüder* war eine Anstecknadel mit einem winzigen runden Kopf, auf dem das Emblem der *Burschenschaft* eingraviert war. Diese Nadel wurde genau in die Ecke des Revers vom Jackett gesteckt und war nicht zu sehen, wenn man nicht danach suchte. Die *Bundesbrüder* taten das aber ständig. Auf diese Weise haben sich viele von ihnen nach Jahren zufällig wieder getroffen und manchmal sogar jüngere Mitglieder kennengelernt.

Dr. Stein kleidete sich ziemlich altbacken: schlecht sitzende Anzüge, gestreifte Krawatten, Hosenträger, braune Strickjacken, dunkle Hüte mit schmaler Krempe, Handschuhe, die am Puls zugeknöpft wurden, und dergleichen. Diesen Stil nannte er 'klassisch'. Dazu gehörte auch Unsichtbares, nämlich eine Garnitur von langen Unterhosen und Unterhemden mit langen Ärmeln. Diese trug er immer, auch im Sommer. Er war der Meinung, man dürfe von einem anständigen Menschen nur Gesicht und Hände sehen.

Das Ergebnis dieses moralischen bzw. ästhetischen Postulats konnte er täglich nach der Dusche im Spiegel besichtigen. Dort sah er einen kleinen untersetzten Mann mit schneeweißer Haut – nur das Gesicht und die Hände hatten normalen Teint. Er wirkte wie ein seltsames, fremdartiges Wesen, das in seiner Entwicklung blockiert war, ähnlich wie der mexikanische Schwanzlurch *Axolotl* aus der Familie der Querzahnmolche, der als sogenannte Dauerlarve lebt, also nicht die vollständige Metamorphose durchläuft, wie sie bei Amphibien üblich ist. Deshalb hat der Axolotl eine weiße

Haut – genau wie Dr. Stein. Allerdings ist sein Kopf nicht hellbeige, und seine Vorderpfoten ebenfalls nicht. Dies zeigt einmal mehr, dass man Analogien nicht überstrapazieren darf. Kurz und gut: Nackt vor dem Spiegel sah Dr. Stein lächerlich aus, deshalb mussten die weißen Hautpartien möglichst schnell wieder verpackt werden.

Er sagte über sich selber, als junger Mann sei er 'schlank und drahtig' gewesen. Aber auf Fotos aus jener Zeit war er mehr als nur schlank, nämlich regelrecht dürr, und von drahtig konnte keine Rede sein, denn er wirkte so klapprig wie eine Vogelscheuche im Wind. Bald nach seiner Hochzeit bekam er einen kleinen Bauch, der ihn ärgerte. Der in regelmäßigen Abständen unternommene Versuch, diesem Problem mit Fasten buchstäblich zu Leibe zu rücken, erbrachte keinen Erfolg, im Gegenteil: Dr. Stein bekam jedes Mal spindeldürre Arme und Beine, doch der Bauch widerstand allen Anschlägen, bis unser tapferer Asket wie eine Karikatur von Wilhelm Busch aussah und sich notgedrungen entschloss, wieder zuzunehmen. Nach drei Wochen sah er dann aus wie vor der Fastenkur.

Er wirkte locker und aufgeschlossen, aber im Grunde war er ängstlich und zwanghaft. Obwohl er keinen konkreten Gefahren ausgesetzt war, fühlte er sich ständig bedroht. Zuweilen hatte er destruktive und anarchistische Fantasien. Dann agierte er als unverwundbarer Superheld, der das Schlechte, Böse und Hässliche auf der ganzen Welt mit Stumpf und Stiel ausrottet, ständig und überall – gerne auch mit *overkill*. Eigentlich hasste er Anglizismen, aber dieser Begriff gefiel ihm. *Overkill* war für ihn klarer und griffiger als das deutsche Sprichwort: 'Wo gehobelt wird, fallen Späne.'

Im wahren Leben war er ziemlich bieder und hielt die deutschen Tugenden hoch: Pflicht, Leistung, Disziplin, Pünktlichkeit, Ordnung, Verlässlichkeit usw. Dabei ging es allerdings weniger um innere Überzeugungen als um eine Pose, die er als 'Stil' bzw. 'Haltung' bezeichnete. Diesbezüglich fühlte er sich wie in einem Korsett, das ihn zwar einzwängte, aber auch stützte.

Er hatte hohe Ansprüche an sich selbst. Oft konnte er sie nicht einlösen. Dann war er deprimiert. Doch auch wenn er sie einlösen konnte, war er deprimiert, weil er wusste, dass er genauso gut hätte versagen können. Daher war er meistens deprimiert, aber das ließ er sich nicht anmerken. Sein hoher Leistungsanspruch war mit einer entsprechenden Leistungsangst gepaart. So war es zumindest gewesen, solange er um seinen beruflichen und sozialen Status gekämpft hatte. Er fühlte, dass sie aus seiner Kindheit kam, in der er nicht versagen durfte, weil er einen extrem autoritären Vater hatte. Die von einem Kind geforderte Leistung zu erbringen war ihm allerdings nicht besonders schwergefallen. Dies änderte sich mit steigendem Ausbildungs- und Berufsniveau.

Es wurde immer anstrengender, den hohen Leistungsanspruch zu erfüllen und einen Lebenssinn aus der Arbeit zu gewinnen. Im Lauf der Jahre bekam er wechselnde psychosomatische Störungen. Sie ängstigten und belasteten ihn, gaben ihm aber auch eine Entschuldigung für mögliches Versagen. Seit er in Rente war, gerierte er sich meist in der Rolle eines abgeklärten und humorvollen Bildungsbürgers, aber seine innere Verspanntheit konnte er damit nicht kaschieren.

Neurosen suchen sich immer einen Fixpunkt, um den sie wie Planeten um die Sonne kreisen. Bei Dr. Stein war dieser Fixpunkt eine panische Furcht vor Krankheiten. Die Leiden anderer Menschen betrachtete er mit professioneller Distanz, doch seine eigenen eingebildeten Krankheiten machten ihn fertig. Er war nun über 60 und fühlte, dass der Tod bereits um ihn herumschlich. Das drohende Unheil versuchte er mit humorvollem Sarkasmus erträglicher zu machen. So pflegte er zu sagen: 'Wer früh stirbt, wird nicht alt, und wer alt wird, ist nicht früh gestorben. Es ist also gut, wenn uns diese

Unpässlichkeit möglichst spät ereilt; und besonders gut, wenn wir vorher dement werden, weil wir es dann nicht mitkriegen.'

Obwohl Dr. Stein sicher war, dass er noch eine Weile leben würde, hatte er das Gefühl, dass ihm die verbleibende Zeit weglief, da er sie nicht sinnvoll nutzen konnte. Sein Leben war insgesamt kurz, aber die einzelnen Tage fühlten sich lang an. Er hatte immer wesentlich mehr Zeit mit der Planung einer schönen und sicheren Zukunft als mit dem Erleben der Gegenwart verbracht. Wenn die ersehnte und mühsam erarbeitete Zukunft schließlich eintrat, konnte er sie nicht genießen und litt unter ihrer Vergänglichkeit. Er konnte gut kochen, aber wenn er ein schönes Essen zubereitete, hatte er keinen Appetit, sobald es auf dem Tisch stand. Entsprechend erging es ihm mit seinen Verabredungen, Urlaubsplänen usw. Äußerlich war er angepasst, doch innerlich rebellierte er. Seine Antriebsschwäche und seine Träume von mönchischer Einsamkeit deutete er als Resignation gegenüber einer Welt, die er am liebsten in die Luft gesprengt hätte.

Manchmal hatte er die Vorstellung, dass er *von außen beatmet* wurde, als würde er von einer fremden Kraft belebt. Dann dachte er, er könnte im nächsten Moment tot umfallen, wobei alle Organe intakt bleiben würden. Niemand könnte das Leben in seinen Körper zurückbringen, obwohl dieser nirgendwo beschädigt war. Bei solchen Gedanken schwankte er ein wenig, ob er *im Grunde religiös* war oder solche Erfahrungen einfach mit Schulterzucken hinnehmen sollte.

Gelegentlich stellte er sich vor, er sei aus der Zukunft gekommen und lebe nun in der Vergangenheit. Während er sich das vorstellte, fraß sich die Vergangenheit langsam durch die Gegenwart in die Zukunft. Auf diese Weise wäre er automatisch dorthin zurückgekehrt, woher er stammte. Aber vielleicht würde er nicht so lange leben. Oder er würde in jenem Moment sterben, in dem er *seine Zeit* wieder erreichte.

Er hatte zwar panische Angst vor eingebildeten Krankheiten, doch die echten Krankheiten nahm er relativ nonchalant, nämlich Arthritis und Diabetes. Die Arthritis war zwar lästig und gelegentlich schmerzhaft sein, aber mit etwas Kokain war sie zu ertragen. Auf die Diabetes nahm er überhaupt keine Rücksicht. Er liebte alle Varianten von Süßigkeiten sowie Nudelgerichten und ging damit um wie ein Quartalssäufer, das heißt, er hielt wochenlang strenge Diät, bis er sich *total fit* fühlte. Dann schlug er über die Stränge bis kurz vor dem Koma. Den richtigen Zeitpunkt, wieder mit der Diät zu beginnen, hatte er im Griff, doch im Laufe der Jahre war ihm aufgefallen, dass die Intervalle immer kürzer wurden. Die Insulin-Spritzen fand er nervig. Deswegen nahm er sie nicht regelmäßig, sondern nach Lust und Laune.

Er war gebildet, humorvoll und kunstsinnig, las viel und hatte ein sonderbares Hobby: Er war leidenschaftlicher Sammler von Schmetterlingen und Käfern. Alle paar Tage bzw. Nächte verkleidete er sich wie ein Jäger und verschwand für Stunden im Gestrüpp. Er fing die Schmetterlinge und Käfer mit einem großen Kescher, klappte diesen um, legte ihn auf den Boden, drückte das Netz vorsichtig auf das gefangene Insekt, bis es sich nicht mehr bewegte, zupfte einen Wattebausch aus der Tasche, öffnete eine sechseckige braune Ätherflasche, benetzte den Bausch und tupfte diesen auf das Tier. Dann öffnete er eine große, flache Blechdose mit zwei dünnen Lagen aus Watte. Dazwischen wurden die toten Insekten vorsichtig hineingelegt. Zu Hause spießte er sie mit Nadeln auf ein *Spannbrett* und ließ sie trocknen. Bei den Käfern wurden dabei die Flügel geöffnet. Nach zwei Wochen wurden die Mumien in Glaskästen gesteckt. Davon gab es Dutzende. Sie waren im ganzen Haus verteilt. Als Dr. Stein sämtliche in Deutschland lebenden Schmetterlinge und Käfer in seiner Sammlung hatte, verlegte er sich auf Exoten. Sie kamen mit der Post aus Holland: als verpuppte Schmetterlinge bzw. Käfer. In einem optimal ausgestatteten und temperierten Terrarium wurden sie gehalten, bis sie schlüpften.

Ein Hirschkäfer, der bald präpariert wird

Sobald diese Insekten sich voll entfaltet hatten, wurden sie mit der beschriebenen Methode getötet und 'in perfektem Zustand', wie Dr. Stein betonte, aufs Spannbrett gespießt.

Er interessierte sich auch für Kunst, namentlich für Malerei. Aber die wirkliche Kunst endete für ihn vor dem Ersten Weltkrieg. Die moderne Kunst war für ihn auch mit viel Humor nicht zu ertragen. Oft bekam er fast körperliche Schmerzen, dann gab es nur eine Therapie: Er stellte sich vor, wie er von seinem Keller einen geheimen Tunnel zur Hallig Hooge grub. Dort wühlte er sich von unten aus der nassen Wiese und wurde von den einzigen psychisch gesunden Menschen der Republik begrüßt. Während der Rest der Welt grölend dem neuesten Unsinn huldigte, fühlte er hier, dass das richtige Leben einfach und erdnah ist. Aber er wusste natürlich, dass er diesen Tunnel nicht graben konnte. So versuchte er, sein kleines Leben mit dem Sammeln *echter Kunst* zu erweitern.

Den Tod sah er zwar als Ausweg aus dem täglichen Elend, aber er fürchtete ihn. Seit er *ein elegantes Gift* hatte, ging es ihm etwas besser, da er sich dem Tod nicht mehr ausgeliefert fühlte, sondern *das Heft in der Hand behielt*.

Er war einer jener Menschen, die sich irgendwann aus Angst vor dem Tod umbringen. Er dachte: *Man gerät in eine sonderbare Welt, wenn man sich den Gefühlen hingibt, die den Suizid einleiten. Dann steht die Zeit still. So ist wohl die Ewigkeit.*

Er erlebte sich oft als vorläufiges, zufälliges Produkt der stammesgeschichtlichen Entwicklung. Manchmal fühlte er sich intensiv den Tieren und Pflanzen verwandt – nur nicht mit seinen mumifizierten Insekten. Sein Favorit für die Verwandtschaft mit der Natur war die Iris. Zuweilen dachte er halb im Scherz, halb im Ernst: *Ich muss selber zur Iris werden, um diese Verwandtschaft voll zu erleben.* Und so schlug er in Gedanken 1000 feine Wurzeln in den Boden, wuchs schlank in die Höhe. Plötzlich brach aus seinem Kopf eine wunderschöne lila Blüte hervor, von üppiger, kühler Schönheit. Von dem Erlebnis war er dann so ergriffen, dass er eine Flasche Wein trinken musste, um wieder einen klaren Kopf zu kriegen.

Dr. Stein stellte sich vor, er wäre eine Iris

AMANDAS EINZUG

Amanda war schön, schlank und jung. Doch kleidete sie sich wie pubertierende Jugendliche, die zeigen wollen, dass sie *unangepasst* sind: zu weite Hosen und Pullover, schwere Stiefel bzw. übergroße Sportschuhe, gestrickte Beutel, rosa Brillen usw. Piercings hatte sie seit ihrer Zeit in Kalabrien auch, eins in der Zungenspitze, eins in der rechten Augenbraue. Ihre Tätowierungen waren diskret: ein japanisches Schriftzeichen im Nacken und das bereits erwähnte Dreieck mit dem Auge Gottes in der linken Handfläche.

Sie sah gut aus und hatte ständig einen *Lover*. Sie selber fand ihr Aussehen aber scheiße – 'wie die Weiber von Klimt oder die Berliner Nutten der 20er'. Ihre Nase fand sie zu spitz, ihre Lippen zu dünn. 'Und meine Augen sind richtig spießig!' Sie hasste ihre 'verdammten Gene' – zu Unrecht. Denn abgesehen von ihrer Aufmachung und ihren Manieren war sie attraktiv und hatte eine erotische Aura, die man früher *rassig,* später *sexy* nannte.

Am nächsten Morgen klingelte sie gegen 9 Uhr bei ihrem Vater. Aus der Wechselsprechanlage hörte sie seine Stimme: 'Wir hatten 8 Uhr vereinbart. Ich gebe dir noch eine Chance, morgen 8 Uhr. Wenn du zu dem Zeitpunkt nicht erscheinst, brauchst du nicht mehr zu kommen. Ich wünsche dann auch keine Anrufe mehr. Deine Mutter war ebenfalls schlampig und unpünktlich, das ist sie wahrscheinlich immer noch. Sie lebt von Sozialhilfe. Kein Wunder! Also: Morgen um 8!'

Amanda hätte am liebsten obszöne Schimpfwörter in die Sprechanlage geschrien, aber sie beherrschte sich und flüsterte: 'Tut mir leid. Ich habe den Bus verpasst. Morgen komme ich pünktlich.' Da es kalt war und regnete, lief sie wütend zur Haltestelle und fuhr nach Wolfratshausen.

*Amanda sah ihrer Meinung nach aus 'wie die
Weiber von Klimt oder die Berliner Nutten der 20er'*

Dort ging sie in einen Supermarkt und legte einige Nahrungsmittel in den Einkaufswagen. Sie riss die Verpackungen auf und aß sofort, worauf sie gerade Appetit hatte. Wäre sie entdeckt worden, hätte sie gesagt, das sei doch kein Verbrechen, denn sie werde die Waren ja gleich an der Kasse bezahlen. Meist wurde sie jedoch nicht entdeckt. Bevor sie zur Kasse ging, legte sie die aufgerissenen Waren in irgendein Regal. Auch diesmal gab es keine Probleme: Sie aß sich satt und ließ ihren Einkaufswagen irgendwo stehen. An der Kasse zuckte sie kokett mit den Schultern und sagte: 'Ich kriege wohl Alzheimer ... Ich habe meinen Geldbeutel vergessen.'

Am Ende der Hauptstraße stand ein großes Möbelhaus. Dort ging sie hin, wenn das Wetter schlecht war. In der Teppichabteilung gab es zwei Stellen, wo sie unbeobachtet den ganzen Tag schlafen konnte. Vor Geschäftsschluss ging sie wieder hinaus, weil sie fürchtete, dass nachts ein Wärter mit Hund durch das Gebäude patrouillieren könnte. Die Nacht verbrachte sie in der katholischen Kirche. Diese war zwar unbeheizt, aber immer noch wärmer als die evangelische.

Am nächsten Morgen klingelte sie pünktlich um 8 Uhr bei ihrem Vater. Sie hörte seine Stimme: 'Na also, es geht doch! Ich mach auf.' Der Öffner summte. Die schmiedeeiserne Pforte öffnete sich mit einem trocken-kratzenden Geräusch – wie eine rostige Gefängnistür. Ihr Vater stand im Flur. Er war kleiner, als sie ihn in Erinnerung hatte. Er sah irgendwie oll aus. Mit dem linken Arm stützte er sich auf eine Krücke.

'Guten Tag, Vater. Das mit gestern tut mir leid. Ich danke dir, dass du mir hilfst ...'
'Sagen wir so: Das ist von meiner Seite keine Hilfe, sondern ein Geschäft auf Gegenseitigkeit. Für dich ist dieses Geschäft eine Hilfe, für mich aber nicht, denn ich kann jederzeit eine andere Haushälterin anstellen ... Du siehst übrigens schrecklich aus – richtig heruntergekommen. Dabei warst du einmal ein besonders hübsches Kind. Die-

se albernen Klamotten ziehst du sofort aus und kleidest dich wie ein normaler Mensch. Du siehst wirklich aus, als wärst du aus einer Drogenklinik geflohen oder würdest hinter dem Hauptbahnhof auf den Strich gehen. So geht es nicht! Was sollen die Leute denken? Es wird sich bald herumsprechen, dass du meine Tochter bist. Auch wenn das im biologischen Sinn nicht stimmen sollte, stimmt es juristisch. Also los! Geradeaus und dann links … eine graue, schmale Tür … Dort ist ein Lagerraum mit Praxismaterial. Auf einer alten Personenwaage steht ein großer Karton voll Kleidung, die sich im Lauf der Jahre angesammelt hat, ich habe keine Ahnung von wem … Patienten, Krankenschwestern, Sprechstundenhilfen, Putzfrauen … Was weiß ich. Such dir etwas aus. Wenn du umgezogen bist, reden wir weiter. Und morgen gehst du zu einem Klempner und lässt dir die Nieten aus dem Gesicht ziehen.'

Amanda konnte sich kaum noch beherrschen. Sie stand steif da, ballte ihre Fäuste und biss sich auf die Zähne. Ihrem Vater entging das nicht. Er blieb ruhig und sagte in entspanntem Ton: 'Du siehst unzufrieden aus. Wo ist das Problem? Ich zwinge dich zu nichts. Ich kann auch eine andere Haushälterin einstellen, eine, der ich nicht erst erklären muss, wie sich eine anständige Person anzieht. Also: Die Tür steht offen.'

Amanda war von der letzten Nacht immer noch durchgefroren und fühlte sich leicht benommen. Wie von einer anderen Person hörte sie sich sagen: 'Nein, ich habe überhaupt kein Problem mit anderer Kleidung. Ich sehe nach, was da ist, ziehe mich um, und die Piercings wollte ich längst entfernen lassen.'

Als sie zurückkam, sah sie aus wie eine Krankenschwester und kam sich vor wie im Fasching. Ihr Vater sagte: 'Wunderbar! Passt wie angegossen. Ist man gut gekleidet, fühlt man sich gleich besser, nicht wahr?' Sie antwortete nicht, sondern nickte nur, so minimal, dass er die kleine Bewegung gerade noch als Zustimmung interpretieren konnte.

Dann meinte er: 'Heute kannst du dich in der Praxis einrichten und auf die Arbeit vorbereiten. Morgen geht es um 7 Uhr los. Hier ist ein Arbeitsblatt. Ich habe alles aufgeschrieben. Also bis morgen!' Danach humpelte er die Treppe hinauf. Das Arbeitsblatt hatte folgenden Wortlaut:

Arbeitsblatt für die Haushälterin und Pflegekraft (HP)

1. Die HP erhält den gesetzlichen Mindestlohn, Kost und Logis werden angerechnet. Sie wird als sozialversicherte Angestellte angemeldet. Für Urlaub, Krankheit, Unfälle, Invalidität und Ausfallzeiten gelten die gesetzlichen Regelungen.

2. Dienststelle ist das Anwesen am Rosenweg 2.

3. Tagesplan der HP:

7-8 Uhr:	*Frühstück vorbereiten, Zeitung hereinholen, Anrufbeantworter abhören*
8-9 Uhr:	*Frühstück servieren, später abräumen*
9-10 Uhr:	*Saugen und Putzen im 1. Stock*
10-11 Uhr:	*Einkaufen*
11-12 Uhr	*Kochen*
12-13 Uhr:	*Mittagessen servieren, später abräumen*
13-14 Uhr:	*Mittagspause zur freien Verfügung*
14-16 Uhr:	*Einkaufen, sonstige Erledigungen (Waschen, Bügeln u.Ä.)*
16-17 Uhr:	*Saugen und Putzen im Parterre*
17 Uhr:	*Tee servieren*
17-17.30:	*Schlafzimmer saugen und aufräumen*
17.30-18 Uhr:	*Abendessen vorbereiten*
18-19 Uhr:	*Abendessen servieren, später abräumen*
19 Uhr:	*Abrechnungen, Besprechung des nächsten Tages*
20 Uhr:	*Tee und Medikamente*
ab 20 Uhr:	*Zur freien Verfügung.*

DAS *ERINNERUNGSBUCH*

Dr. Volker Stein war in jener Zeit deprimierter als üblich, denn ein *Bundesbruder* war gestorben, den er geschätzt hatte: Friedemann Voss, ein pensionierter Gymnasiallehrer für Deutsch und Geschichte ohne Familie. Er lebte seit zwei Jahren im Altenheim, obwohl er noch rüstig war. Nach mehreren Ohnmachtsanfällen hatte er befürchtet, eines Tages in seiner Wohnung zusammenzubrechen, unfähig, den Notarzt zu rufen. Man las oft von Leichen, die erst nach Jahren gefunden wurden, weil niemand die Person vermisste und alle Rechnungen abgebucht wurden. Zuweilen saßen sie als Mumien vor dem laufenden Fernseher, mit der Fernbedienung in der Hand. Dieses Schicksal wollte sich Friedemann Voss ersparen. Deswegen war er ins Altenheim gezogen.

Er brauchte eine Weile, um sich an die neue Umgebung anzupassen. Besonders deprimierend fand er die Alzheimer-Patienten, umso mehr, als er das Gefühl hatte, dass sein eigenes Gedächtnis langsam nachließ. Da er ein energischer Mann war, beschloss er, dagegen etwas zu tun. Er nahm sich vor, eine neue Sprache zu lernen, entschied sich für Italienisch und meldete sich bei der Volkshochschule an. Außerdem nahm er sich vor, täglich mindestens ein Rätsel aus der *Süddeutschen Zeitung* zu lösen. Als dritte Waffe gegen Alzheimer begann er, ein *Erinnerungsbuch* zu schreiben. Darin wollte er alles festhalten, woran er sich erinnern konnte, zunächst spontan und ungeordnet. Wenn er alle Erinnerungen eines Tages aufgeschrieben hätte und ihm nichts mehr einfiele, dann wollte er die Fragmente chronologisch ordnen. Dazu kam es jedoch nicht mehr, denn Friedemann Voss starb an einem Herzinfarkt, als er erst ein paar Seiten von seinem *Erinnerungsbuch* geschrieben hatte. Er hatte sie kurz vorher seinem Freund Dr. Volker Stein geschickt, weil er den Text von *intelligenten Test-Lesern* kontrollieren lassen wollte.

Friedemann Voss

Dr. Stein hatte jene Seiten just an dem Tag gelesen, als die Todesanzeige im Briefkasten lag und Amanda ihren Dienst begann. Der Text war wie folgt:

Es ist sonderbar, woran wir uns erinnern. Vieles, das uns einmal wichtig erschien, ist nicht mehr so präsent, dass wir es innerlich noch einmal nacherleben können. In der deutschen Sprache gibt es dafür einen treffenden Ausdruck: Wir können uns nicht 'er-innern'. Andererseits gibt es zahlreiche Kleinigkeiten, an die wir uns so plastisch 'er-innern', als würden wir sie jetzt erleben. Viele davon sind banal, manche aber sehr eigenartig, wie die folgenden Beispiele zeigen.

Beginnen wir mit Onkel Oswald. Dieser hatte einen eindrucksvollen adligen Stammbaum. Doch konnte ich von dessen Glanz nicht profitieren, weil ich mit Onkel Oswald gar nicht blutsverwandt war. Ich war nämlich ein adoptiertes Kind, die Schwester meiner Adoptivmutter war mit Onkel Oswald verheiratet. Ich habe nie erfahren, womit er den Lebensunterhalt seiner Familie verdiente. Er hatte immer Geld und immer Zeit. Die Familie lebte zwar nicht im Luxus, aber es fehlte auch an nichts.

Onkel Oswald war freundlich, und konnte gut mit Kindern umgehen – anders als seine Frau, Tante Therese, die in extremer Weise katholisch war und bereits mit einem Bein in der jenseitigen Herrlichkeit lebte. Da blieb wenig Aufmerksamkeit für die beiden Kinder, Martin und Beate, aber das war von außen kaum zu bemerken. In der Öffentlichkeit präsentierte sich die Familie immer perfekt. Martin wurde später Polizist, Beate übernahm nach ihrer zweiten Scheidung eine Imkerei, die sie ohne Fachkenntnisse so lange betrieb, bis alle Bienen weggeflogen oder gestorben waren.

Onkel Oswald ging abends immer aus. Wie er sagte, hatte er viele Freunde. Außerdem war er Mitglied in mehreren Vereinen. Er war gesellig, spielte Karten, rauchte viel und trank gerne mehr, als er vertragen konnte. Tante Therese hatte es aufgegeben, ihn auf den rechten Pfad des Glaubens zu bringen. Jeden Abend ging sie zur Beichte, danach besuchte sie

die Heilige Messe, anschließend betete sie zu Hause mit den Kindern einen Rosenkranz.
So ging das jahrelang ohne größere Probleme. Ich lebte mittlerweile ganz woanders und hatte schon lange keinen Kontakt zur Familie von Onkel Oswald. Da schlug ich eines Tages die Zeitung auf und stieß zufällig auf einen Artikel, den ich bis heute aufbewahrt habe:

'UNFALL IN DER BISMARCKSTRASSE
EIN TOTER TRANSVESTIT
Gestern ereignete sich gegen 23 Uhr ein folgenschwerer Unfall in der Bismarckstraße. Ein weißer Volvo überquerte in der Nähe des Nachtclubs DOLCE VITA einen Zebrastreifen und erfasste einen Fußgänger, der im Polizeiprotokoll als eine ca. 50-jährige Frau beschrieben wurde. Der Fahrer des weißen Volvo wurde schnell ermittelt, ein polizeibekannter Kleinkrimineller aus dem benachbarten östlichen Ausland. Das Opfer starb im Krankenhaus. Dort stellte sich heraus, dass es sich nicht um eine Frau, sondern um einen Mann handelt, dessen Identität mittlerweile feststeht: Oswald Peter Ferdinand Graf von Falkenstein-Wendenburg.'

Onkel Oswald war also Transvestit. Ein weiterer Nenn-Onkel, an den ich mich erinnere, ist Onkel Ludwig, der zweite Mann meiner Adoptivmutter. Ich habe ihn leider erst kennengelernt, als ich nicht mehr in dieser Familie lebte. Ich mochte ihn. Sein Vater war Italiener. Das hat irgendwie auf ihn abgefärbt, denn er war herzlich, freundlich und stets zu einem Spaß aufgelegt. Ähnlich wie Onkel Oswald hatte er immer Geld, obwohl er nicht zu arbeiten schien. Eigentlich war er Rechtsanwalt, aber das sah man ihm nicht an, denn er trug den ganzen Tag Freizeitkleidung und werkelte ständig am Haus herum. In seiner Jugend sei er ein guter Stabhochspringer gewesen, sagte er. Er sei sogar in der Olympia-Auswahl gewesen, konnte aber wegen einer Verletzung nicht an den Wettkämpfen teilnehmen. Da er klein und untersetzt war, glaubte ihm niemand diese Geschichte, doch er erzählte sie mit Witz und ständig neuen

Details. Er ließ den Zuhörern die Wahl zwischen einer kurzen und einer langen Version.

Er hatte eine Glatze und nur noch einen schmalen Haarkranz, der kurz geschnitten war. Außerdem hatte er einen Schnurrbart, der ebenfalls kurz geschnitten war, so wie man ihn aus südeuropäischen Ländern kennt. Onkel Ludwig ging jede Woche zum Friseur. Ich habe mich immer gefragt, was dieser bei der Gelegenheit tat. Wahrscheinlich hat er nur mit der Schere geklappert. Für Onkel Ludwig war das jedenfalls eine wichtige Veranstaltung, die er nie ausließ.

Ich erinnere mich, dass Onkel Ludwig sehr auf seine Schuhe achtete. Sie waren immer tadellos geputzt. Auch seine Fingernägel waren makellos. Beim Friseur ließ er sich regelmäßig eine Maniküre machen. Man kann sagen, dass er ein wenig eitel war. Er lebte dahin, als würde er mit einem Ruderboot stromabwärts fahren. Er korrigierte hin und wieder den Kurs, aber nur ein wenig, weil der Kurs durch den Fluss eigentlich vorgegeben war. Ansonsten ließ er sich und seine Gedanken treiben. Manche Menschen behaupten, sie könnten fühlen, ohne zu denken. Onkel Ludwig war ein solcher Mensch. Er ruhte in sich selbst und war passiv. Er nahm vom Leben alles Positive mit, das ihm begegnete. Das Negative mied er, und war es nicht zu vermeiden, dann gab er ihm so wenig Beachtung wie möglich.

In einer Hinsicht war er allerdings geradezu fanatisch, und zwar beim Kartenspiel. Er spielte ständig – immer um Geld, um viel Geld. Er hat mir einmal eine Aufstellung seiner Gewinne und Verluste gezeigt. Im Saldo hatte er damals fast eine halbe Million D-Mark verloren, aber das bedrückte ihn keineswegs. Er lachte und sagte: 'Geld! Das ist doch nur Papier! Beim Kartenspielen geht es nicht um Geld, sondern um große Gefühle!' Er hatte anscheinend irgendein geheimes Vermögen, von dem wir alle nichts wussten.

Natürlich erinnere ich mich auch an meinen Adoptivvater Gustav Adolf. Er war groß und sah gut aus. Er verbrachte die meiste Zeit mit unterschiedlichen Sportarten, besonders mit Reiten, Schwimmen und Judo. Daneben interessierte er sich für die neuesten technischen Produkte aus aller Welt. Oft kaufte er sie, noch bevor sie offiziell auf dem Markt waren. Sie standen überall im Haus herum und wurden jedem Besucher vorgeführt. Gustav Adolf hatte ein riesiges Vermögen geerbt, das von selber immer größer geworden wäre – nach dem Motto: Geld arbeitet. Er hatte sich aber in den Kopf gesetzt, ein erfolgreicher Unternehmer zu werden. Der Sport und seine Techniksammlung ließen ihm dafür eigentlich wenig Zeit, aber diese war völlig ausreichend, um sein Vermögen zu ruinieren. Es schmolz im Lauf der Jahre wie ein Eisberg. Zwar kam es nicht so weit, dass Gustav Adolf eine ernsthafte Arbeit übernehmen musste, doch seinen zwei Söhnen blieb dieses traurige Los nicht erspart. Das war für sie besonders bitter, weil sie bis dahin nichts anderes gelernt hatten, als mit Geld um sich zu werfen.

Gustav Adolf hatte mehrere Seelen in seiner Brust. Obwohl er sportlich war, trank er täglich ein bis zwei Flaschen Whiskey. 'Dafür rauche ich nicht', pflegte er zu sagen. Er war gesellig, aber in grober und lauter Art. Außerdem war er ein Angeber, der mit seinen Heldengeschichten allen auf die Nerven ging. Doch hatte er noch eine überraschende Seite, nämlich ein starkes Interesse für Esoterik, okkulte Phänomene und Magie. Im Keller des Hauses war dafür ein großer Raum eingerichtet worden, den nur er, einige scheue Freunde und zwei Siam-Katzen betreten durften.

Im hohen Alter ist Gustav Adolf erblindet. 'Das war ein Anschlag schwarzer Magie, und ich weiß, wer ihn verübt hat', sagte er, aber er fand kein Gegenmittel. Selbst als jene verdächtige Person plötzlich starb – 'ohne mein Zutun', wie er versicherte –, besserte sich seine Sehfähigkeit nicht. Das wunderte ihn allerdings nicht, 'denn das Böse ist und bleibt autonom, sobald es von einem Menschen in die Welt gesetzt wird. Falls dieser Mensch stirbt, ändert sich daran nichts.'

Es gab auch Frauen, die in meiner Kindheit eine Rolle gespielt haben, besonders Tante Luise. Sie hatte eine unklare Beziehung zu meinem leiblichen Vater, bei dem ich bis zu meiner Adoption lebte. Ich hoffte damals, dass beide heiraten würden. Mein Vater, ein ehemaliger Offizier, war meistens frustriert und schlecht gelaunt. Tante Luise, eine frühere Gauleiterin des 'Bundes Deutscher Mädel', war hingegen immer gut drauf. Im Dritten Reich hatte sie Kontakt zu allerhöchsten Kreisen gehabt, aber nach dem Krieg ließ sie den Kopf keineswegs hängen. Ihre politische Einstellung änderte sie nicht. Sie konnte viel, spielte Klavier, war zupackend, herzlich und immer positiv. Zudem war sie schön und sehr charmant. Ich habe lange gebraucht, den Nationalsozialismus kritisch zu sehen, weil mich Tante Luise so positiv beeindruckt hatte. Ich glaube sogar, dass ich sie geliebt habe, nicht nur wie ein kleines Kind, sondern wie ein Junge, dessen Gefühle seinem zarten Alter weit vorauseilen. Meinen Vater habe ich entsprechend gehasst.

Später wurde Tante Luise eine alte, verbitterte, paranoide Frau. Willy Brandt war ihr größter Feind. Er sei ein kommunistischer Agent mit dem geheimen Auftrag, die Bundesrepublik an die Sowjetunion auszuliefern. Ein weiterer Feind war ihr vormaliger Hausarzt. Tante Luise hatte von ihrem Vater eine Briefmarkensammlung geerbt, die sie verkaufen wollte. Der Arzt, der selber Briefmarken sammelte, bot ihr an, sich das Album anzusehen. Als er es Tante Luise zurückgab, behauptete sie, er habe Dutzende von Briefmarken gestohlen, und brach den Kontakt zu ihm ab.

Auch von ihrer besten Freundin Sunnhild trennte sie sich im Streit. Die zwei kannten sich seit früher Kindheit und hatten beide eine steile Karriere beim BDM gemacht. Einer der höchsten Funktionäre des Nationalsozialismus machte Tante Luise damals den Hof, weil ihm bedeutet worden war, dass er sozusagen aus Staatsräson heiraten sollte. Allein dem Führer sei es vorbehalten, sich wie ein Priester der großen Aufgabe selbstlos und leidenschaftlich hinzugeben.

Tante Luise wollte ihre Freiheit jedoch nicht aufgeben und vermittelte dem Freier ihre Freundin Sunnhild, die bald nach der Hochzeit Witwe wurde. Sie lebte fortan auf Fehmarn, Tante Luise in Lauenburg. Beide trafen sich später jedes Jahr am 1. Mai in Lübeck, in einem stadtbekannten Café.

Sie hatten sich angewöhnt, abwechselnd zu bezahlen. Im letzten Jahr, als sie sich trafen, sagte Sunnhild: 'Heute bist du dran.' Tante Luise war jedoch fest davon überzeugt, dass Sunnhild dran war, und schrie so laut, dass es alle hören konnten: 'Du verlogenes Biest! Das warst du zwar schon immer, aber ich habe lange gebraucht, dich zu durchschauen!' Dann stand sie auf und verließ das Lokal, ohne zu zahlen.

Eine andere Frau, an die ich mich gut erinnere, war Tante Martha. Sie wirkte innerlich zerrissen. Auf der einen Seite war sie lebenslustig. Sie rauchte und trank viel, meist Weißwein. Eigentlich war sie jeden Abend betrunken. Manchmal war sie dabei amüsant, doch gelegentlich rastete sie völlig aus und behauptete, den Teufel zu sehen.

Sie rauchte eine seltene Sorte Zigaretten, die es nicht am Automaten gab. Deswegen fuhr sie täglich zum Bahnhof, um sich eine Packung zu holen. Sie kaufte nie mehr als eine Packung, weil sie nur eine Packung pro Tag rauchen wollte und die Erfahrung gemacht hatte, dass sie abends leicht die Kontrolle verlor. 'Für den Notfall' hatte sie aber noch eine Packung in der Schublade ihres Nachttisches. Sie spielte gut Klavier und war dabei sehr witzig, denn sie konnte viele bekannte Melodien – auch Weihnachtslieder – in unterschiedlichen Rhythmen spielen.

Ihr Haushalt war chaotisch, aber dafür hatte sie auch keine Zeit, denn ihre Hauptbeschäftigung bestand darin, Geschenke vorzubereiten. Sie hatte ein 'Arbeitszimmer' mit zwei großen Tischen, auf denen sich Geschenke und Verpackungsmaterial stapelten. An der Wand hing ein Jahreskalender – wie in einem Büro. Dort war an jedem Tag mindestens ein Name eingetragen – mit dem Zusatz GB (Geburtstag) oder NM (Namenstag). Sie hatte viele Jahre gebraucht, um den Kalender lückenlos zu füllen, nun konnte sie ihn Tag für Tag abarbeiten. Dafür verwendete sie im Wesentlichen die Unterhaltszahlungen, die sie von ihrem geschiedenen Mann bekam. Mit zwei Hypotheken, die sie auf das Haus aufgenommen hatte, bestritt sie ihren normalen Lebensunterhalt. Wenn die Geschenke verpackt waren, machte sich Tante Martha auf den Weg und gab sie ab. Meist geriet sie dabei in irgendeine Feier und kam abends angeheitert zurück.

Das war Tante Marthas eine Seite, sie hatte noch eine andere: Sie war eine tiefgläubige und geradezu fanatische Katholikin. Nach ihrer morgendlichen Tour zum Bahnhof ging sie täglich in irgendeine Messe. Sie hatte immer eine Liste, wo jeweils eine Messe gelesen wurde. Manchmal musste sie dafür ziemlich weit fahren, aber sie ließ keine aus. Mittags kam sie dann nach Hause, aß eine Kleinigkeit und beschäftigte sich anschließend mit ihren Geschenken, die sie am späten Nachmittag ablieferte.

Gelegentlich hatte sie 'Büroarbeit', wie sie das nannte. Es war nämlich so, dass es in ihrem Kalender immer wieder Veränderungen gab. Einige Personen starben, andere zogen fort, manche erwiesen sich als undankbar. Dann musste rasch Ersatz beschafft werden, das war nicht so einfach. Wie soll man zum Beispiel eine Person finden, die am 15. April Geburtstag hat? Tante Martha löste dieses Problem elegant, mit diskreter Hilfe einer Sachbearbeiterin des Standesamts. Sobald die Kandidaten gefunden waren, machte sich Tante Martha daran, sie persönlich kennenzulernen, und hatte nach einiger Zeit den Kalender wieder vervollständigt.

Tante Martha hatte eine Nachbarin. Diese hieß Gisela Horn und wurde allgemein 'Hornisse' genannt, weil sie ziemlich streitsüchtig war. Sie war die Witwe des Anwalts Dr. Martin Horn. Dieser hatte im Lauf seines Lebens drei Frauen geheiratet, die alle Gisela hießen. Die erste Gisela hatte sich von ihm getrennt, die zweite war verstorben, und die dritte – also die Hornisse – hatte ihn überlebt …

Hier endet das *Erinnerungsbuch* von Friedemann Voss. Die betreffenden Seiten lagen auf Dr. Steins Nachttisch. Daneben lag die Todesanzeige.

DIE ERSTEN TAGE DER SKLAVEREI

Amanda empfand die ersten Tage in der Villa ihres Vaters ungefähr so wie ein Schiffbrüchiger, der von Piraten gerettet wird und als Sklave arbeiten muss. Zunächst richtete sie sich in der Praxis provisorisch ein. Stühle und Tische gab es genug, aber es fehlte ein Bett. Im Lager fand sie eine rote Yoga-Matte, die aber schlecht roch – säuerlich … nach schwitzenden dicken Frauen oder feuchten Windeln. Deswegen entschied sie sich für den OP-Tisch. Er war zwar ziemlich schmal und hart, aber das war kein Problem, denn sie hatte schon wesentlich unbequemer geschlafen.

Als größeres Problem erwiesen sich die beiden Piercings, die ihr ein Lover in Reggio geschenkt hatte. Sie wusste nicht recht, wer sie kurzfristig entfernen könnte, und versuchte es zunächst bei einem Goldschmied. Dieser zuckte jedoch bedauernd mit den Schultern und sagte: 'Leider kann ich Ihnen nicht helfen … Edelstahl – kalt gestaucht … Versuchen Sie es bei einem Kunstschmied.' Wir überspringen zwei weitere Handwerker und erwähnen lediglich das Ergebnis: Ein Installateur knipste die Piercings mit einem Saitenschneider ab, aber das ging nicht ohne Blessuren. Amanda hatte noch wochenlang eine lilafarbene Beule über dem rechten Auge und eine feuerrote Zungenspitze.

Regelmäßige Arbeit war ihr schon immer verhasst. Besonders schlimm war für sie das frühe Aufstehen, noch schlimmer der herablassende Befehlston ihres Vaters. Er war fast immer zu Hause und hielt sich vorzugsweise im Bett auf. Das Frühstück nahm er im Morgenmantel ein. Danach ging er ins Bad. Von dort kam er nach einer halben Stunde in einer merkwürdigen Kostümierung wieder heraus: Er trug ein frisch gebügeltes Hemd, eine Krawatte, ein elegantes Jackett und eine Schlafanzughose. So setzte er sich wieder ins Bett und gab von dort durch die offene Tür seine Kommandos. Wenn Besucher kamen, empfing er sie ebenfalls im Schlafzimmer – wie ein bettlägriger Monarch.

Auch das Mittagessen nahm er im Bett ein. Danach las er die Zeitung. Um 17 Uhr trank er eine Tasse Tee. Dann stand er auf, hängte das Jackett in den Schrank, legte die Krawatte in eine Schublade, warf das Hemd neben die Schlafzimmertür, zog sich ein Sweatshirt zur Schlafanzughose an und begab sich in seinen Fitness-Raum, 'um nicht total einzurosten', wie er sagte. Einige Geräte konnte er wegen der Arthrose nicht mehr benutzen, aber bei anderen war das noch kein Problem. Sobald er das Schlafzimmer verlassen hatte, musste es gesaugt und aufgeräumt werden.

Nach dem täglichen Training ging Dr. Stein duschen. Dann zog er sich einen frischen Schlafanzug an und begab sich im Morgenmantel in sein Arbeitszimmer. Dort wurde um 18 Uhr das Abendessen serviert. Dann erledigte er einige Anrufe. Pünktlich um 19 Uhr war der Termin für die Abrechnungen und Besprechung des nächsten Tages. Dieser Programmpunkt durfte maximal 45 Minuten dauern, denn um 20 Uhr musste Amanda – zu Beginn der Tagesschau – sowohl den Abend-Tee als auch die Medikamente ins Arbeitszimmer bringen.

Am vierten Tag nach ihrer Versklavung sagte Dr. Stein beim Frühstück: 'Du siehst nicht fröhlich aus, aber die regelmäßige Arbeit wird dir guttun. Du wirst sehen. Später wirst du dich dafür bei mir bedanken. Heute Nachmittag gehe ich auf die Beerdigung von Friedemann Voss. Damit entfällt der Tee um 17 Uhr. Spätestens um 20 Uhr bin ich wieder hier.'

Als er weg war, bot sich Amanda die Gelegenheit, ein wenig herumzuschnüffeln. Sie dachte: *In fremden Wohnungen findet man immer etwas Interessantes, wenn man nur lange genug sucht.* Sie suchte nichts Bestimmtes, sondern wollte sich überraschen lassen.

Für den Fall, dass Dr. Stein plötzlich erscheinen sollte, legte sie den Staubsauger auf den oberen Treppenabsatz. Sie begann im Arbeitszimmer. Es hatte zwei Türen: eine zum Flur, die andere war abgeschlossen. Amanda dachte: *Ein verbotenes Zimmer! Welches Geheimnis mag der Alte dort verbergen?*

Sie schaltete den Computer ein, konnte ihn aber nicht öffnen, weil er ein Kennwort verlangte. Auf dem Schreibtisch lagen allerlei Papiere – uninteressant, außer einem Bankauszug: Dr. Stein hatte über 80.000 Euro auf seinem Girokonto. Das erschien ihr verdächtig. In einer Schublade lag ein *Playboy*. Amanda prüfte, ob unter den Schubladen etwas klebte. Dieses Versteck kannte sie von Fernseh-Krimis.

Aber sie fand nichts. Also ging sie ins Schlafzimmer und sah im Kleiderschrank nach. Dort suchte sie zwischen den Pullovern und kontrollierte alle Taschen. In einem Jackett fand sie eine Menge Banknoten. Zwei 50-Euro-Scheine nahm sie an sich. Dann suchte sie weiter. Im Kleiderschrank fand sie nichts mehr, im Nachttisch auch nicht.

Sie ging noch einmal ins Arbeitszimmer, zum Bücherregal. Dieses Versteck kannte sie ebenfalls vom Fernsehen. Sie zog einige Bücher heraus und fand tatsächlich allerlei: zusammengebundene Briefe, drei Goldbarren, eine Packung *Metoclopramid* und eine kleine, braune, geriffelte Apothekerflasche. Auf der einen Seite war ein rotes Etikett abgerissen worden; Reste klebten noch an der Flasche. Auf der anderen Seite war ein weißes Etikett; darauf stand handschriftlich *NPB*. Die Packung *Metoclopramid* sah normal aus, aber die kleine braune Flasche erschien Amanda verdächtig, denn dort stand nur *NPB,* sonst nichts – kein Hersteller, keine Warnhinweise, kein Verfallsdatum, keine Angaben zur Lagerung.

Sie dachte: *Schau an! Der Alte geilt sich mit Sex-Fotos und Designerdrogen auf. Wahrscheinlich nimmt er einen Super-Stoff, den man in der Szene noch nicht kennt.*

Sie notierte auf einem Zettel: *'Metoclopramid' und 'NPB'. Vielleicht kann ich damit Kohle machen. Jetzt muss ich erst mal rauskriegen, was das für ein Zeug ist und wo ich es billig herkriege. Vielleicht im Internet. Aber da muss ich vorsichtig sein. Freddie hat neulich Kokain bestellt und bezahlt, bekommen hat er Kartoffelmehl. Und Mike hat Heroin bestellt, aber schon nach dem ersten Schuss war er tot.*

Im Bad fand Amanda ein Arsenal von Haut-Cremes für Frauen ab 40: *Tagesmaske, Glättung und Straffung, porentiefe Reinigung, Schutz und Feuchtigkeit für die Nacht, Lippenbalsam.*

Sie ging noch einmal ins Arbeitszimmer. Den Schreibtisch und das Bücherregal hatte sie schon untersucht, jetzt fiel ihr Blick auf einen schmalen Blechschrank mit Hängeregistern. Sie zog die oberste Schublade heraus und fand Patientendaten – beginnend mit *Ahlfeld, Otto*. Ein sonderbarer Instinkt veranlasste sie, bei *Stein* nachzusehen. Dort fand sie nicht nur die Krankenakte ihres Vaters, sondern auch einen Umschlag mit der Aufschrift *Vaterschaftsnachweis*. Darin lag ein gefaltetes Dokument mit der Überschrift: *Testergebnis Dr. Volker Stein / Amanda Stein.* Der Bericht endete mit dem Satz: *Dr. Volker Stein ist im Rahmen einer Wahrscheinlichkeit von 1 zu 30 Millionen nicht der biologische Vater von Amanda Stein. Wir danken für Ihr Vertrauen. Mit freundlichen Grüßen, AZO – Analysezentrum-Oldenburg / Diskret + Sofort.*

Diese Klarstellung kam für Amanda völlig überraschend. Einerseits war sie froh, *mit diesem autoritären Schwein* nicht verwandt zu sein, zugleich verlor sie aber einen Teil ihrer bisherigen Identität, denn insgeheim hatte sie gehofft, Dr. Stein sei nicht nur ihr juristischer, sondern auch ihr biologischer Vater. Ihr wirklicher Vater war also jener italienische Hallodri aus Kalabrien. Vielleicht hätte sie ihn sympathisch gefunden, doch ein deutscher Arzt als Vater wäre ihr lieber gewesen. Dessen sozialen Status fand sie zwar *total scheiße*, aber das war eine pubertäre Pose, keine echte Überzeugung.

Doch warum hat er die Vaterschaft nicht gerichtlich angefochten? Darauf konnte sich Amanda keinen Reim machen. Vielleicht wollte er nicht in den örtlichen Tratsch gezogen werden. Oder er wollte ihre Mutter nicht bloßstellen. *Egal! Ich bin nicht seine biologische Tochter, das weiß er. Aber er hält die Illusion aufrecht, warum auch immer. Fazit: Obwohl ich nicht seine Tochter bin, bin ich seine einzige Erbin.*

Sie hörte, dass die Haustür geöffnet wurde. Hastig steckte sie den Vaterschaftsnachweis in den Umschlag, schloss das Hängeregister und ging mit dem Staubsauger die Treppe hinunter. Auf halbem Weg traf sie Dr. Stein. Er sagte: 'Der Gartenweg muss gefegt werden. Ist dir das nicht aufgefallen?'

Dann verschwand er in seinem Arbeitszimmer. Ihm fiel sofort auf, dass Amanda herumgeschnüffelt hatte. Der *Playboy* lag mit der Vorderseite nach oben. Er hatte das Heft aber seit einiger Zeit mit der Rückseite nach oben in der Schublade liegen, weil er sich dort die Telefonnummer des Installateurs notiert hatte, um ihn wegen der tropfenden Dusche anzurufen. Dann kontrollierte er sein Versteck im Bücherregal. Es war alles noch da – die zusammengebundenen Briefe, die drei Goldbarren, die Packung mit *Metoclopramid* und die Flasche mit der Aufschrift *NPB*. Aber die Anordnung war verändert worden. Die Packung mit *Metaclopramid* stand *neben* der kleinen Flasche. Er hatte sie aber *auf* die Packung gestellt, weil diese beiden Mittel zusammengehörten.

Wahrscheinlich hat Amanda auch in meinen Jacketts nachgesehen und Geld gestohlen, aber das kann ich jetzt nicht überprüfen. Dann fielen ihm die Hängeregister ein. Wo würde sie suchen? Unter *Stein* natürlich! Er zog das betreffende Register heraus. *Tatsächlich! Sie hat auch hier geschnüffelt.* Der Bericht vom Vaterschaftsnachweis lag ganz vorn. Dr. Stein bewahrte ihn aber ganz hinten auf, denn vorn lagen seine jüngsten Laborwerte. *Jetzt weiß sie, dass sie nicht meine Tochter ist, und sie weiß auch, dass ich das längst weiß. Aber sie weiß nicht, dass ich weiß, was sie inzwischen weiß. Das ist ja ganz amüsant. Schauen wir mal, wie sich das weiterentwickelt. Ich werde sie vorerst nicht zur Rede stellen.*

Amanda versuchte, im Internet herauszufinden, worum es sich bei *Metoclopramid* und *NPB* handelt. Sie hoffte, neue Drogen kennenzulernen, um damit zu handeln. Sie wurde jedoch enttäuscht: *Metoclopramid* war ein Medikament gegen Übelkeit. Zu *NPB* fand sie zwar etliche Hinweise, aber ein interessantes Medikament war nicht dabei. *Was mag das sein? Warum versteckt der Alte dieses Zeug hinter seinen Büchern?* Sie bekam es erst einige Zeit später heraus, doch der Leser darf bereits jetzt erfahren, worum es ging: *Natriumpentobarbital.* Hierbei handelt es sich um ein beliebtes Mittel für Suizid, und *Metoclopramid* wird vorher genommen, um zu verhindern, dass sich der Betreffende erbricht.

Nachdem Dr. Stein bemerkt hatte, dass sein heimliches Lager entdeckt worden war, nahm er beide Mittel aus dem Bücherregal und versteckte sie im Sofa, in der Ritze zwischen Sitzfläche und Rückenlehne. Es wollte vermeiden, *dass die blöde Kuh damit irgendeinen Unsinn anstellt. Man weiß ja nie! Und als Arzt muss ich besonders aufpassen. Als der Vorbesitzer dieses Hauses plötzlich starb, gab es eine offizielle Untersuchung, weil ich das Haus in Leibrente gekauft hatte und er mein Patient war. Zum Glück ging das glatt über die Bühne. Aber wenn die durchgeknallte Göre jetzt tot in der Praxis liegt oder einen ihrer Typen ins Jenseits befördert, dann ist gleich wieder die Polizei im Haus. Das muss nicht sein.*

Es dauerte eine Weile, bis Dr. Stein wieder ausging. Er war zur Geburtstagsfeier eines Kollegen ins Starnberger *Gasthaus zur Post* eingeladen. Amanda nutzte diese Gelegenheit erneut zum Schnüffeln, aber mehr als zuletzt fand sie nicht – im Gegenteil: Das *Metoclopramid* und die kleine Flasche mit der Aufschrift *NPB* waren verschwunden.

DER TOD HAT NICHT DAS LETZTE WORT

Um 14 Uhr fuhr Dr. Stein mit dem Taxi zum *Gasthaus zur Post* in Starnberg. Früher war er oft hier gewesen, der Ober erkannte ihn sofort. Der Nebenraum war leer. Dr. Stein fragte den Ober, ob hier nicht die Geburtstagsfeier stattfinden würde. 'Ja', war die Antwort, 'aber erst um 16 Uhr. Wollen Sie so lange warten? Darf ich Ihnen die Zeitung und eine Tasse Kaffee bringen? Oder ein Glas Wein?' Dr. Stein ärgerte sich, dass er sich in der Zeit vertan hatte, aber sollte er jetzt wieder nach Hause fahren und in zwei Stunden zurückkommen? Nein, er beschloss zu warten. 'Ja, bringen Sie mir bitte die Zeitung und eine Tasse Kaffee', sagte er.

Das *Isartaler Tageblatt* war damals eine prominente Publikation und zugleich eine wichtige Institution in Oberbayern – von ähnlicher Bedeutung wie das Andechser Bier, der Leonardi-Ritt in Murnau, das Freilichtmuseum Glentleiten oder der Bundesnachrichtendienst in Pullach. Das Besondere dieser Zeitung bestand vor allem darin, dass sie erfolgreich mit dem *Münchner Bistumsblatt* konkurrierte, denn sie ließ keine Meldung aus dem katholischen Leben aus – kein Wort des Bischofs, keine Wallfahrt, keine Erstkommunion, keine Firmung, kein Jubiläum des Katholischen Frauenbundes, kein Wort zum Sonntag, kein öffentliches Bekenntnis zum Glauben usw. Kurzum, sie ließ nichts aus, wonach die katholische Seele dürstet. Die zweite Besonderheit war, dass der regionale Sport mit gleicher Ausführlichkeit zu Wort kam, vom Attenhausener Schützenmeister über die F-Junioren aus Deining bis zu den Fußball-Thrillern zwischen den Altherrenmannschaften von Hammelsberg und Dorfen.

Dr. Stein war an diesen Themen nicht besonders interessiert. Er las das *Isartaler Tageblatt* vor allem aus drei Gründen: Auf Seite 2 gab es hin und wieder gute politische Karikaturen; weiterhin interessierte er sich für die regionalen Todesanzeigen, und schließlich war das Tageblatt aktueller als die *Süddeutsche Zeitung*, die er seit Jahren abonniert hatte. Denn Letztere musste wesentlich früher in München gedruckt werden, damit die regionale Ausgabe für Oberbayern morgens pünktlich ausgeliefert werden konnte.

Dr. Stein hatte täglich *zwei* Exemplare der *Süddeutschen Zeitung* abonniert, obwohl das recht teuer war. Der Grund war folgender: Im 1. Stock seines Hauses hatte er neben seinem Arbeitszimmer einen eigenen Raum für ein privates Pressearchiv reserviert. Dieses bestand aus langen Reihen von Hängeregistern. Wenn er die Süddeutsche las, strich er alle Artikel an, die er aufbewahren wollte. Einmal in der Woche kam ein Student, der sie ausschnitt, auf DIN-A4-Blätter klebte und nach dem Thesaurus der Staatsbibliothek auf die Hängeregister verteilte. Zunächst hatte Dr. Stein nur *eine* Ausgabe der Süddeutschen abonniert, aber da er immer wieder sowohl die Vorder- als auch die Rückseite brauchte, musste er die betreffenden Seiten kopieren lassen. Das war letztlich teurer, als ein zweites Exemplar zu abonnieren.

Der letzte Enzyklopädist war also weder Denis Diderot noch Jean-Baptiste d'Alembert, sondern Dr. Volker Stein. Gleich am Eingang des Archivs stand ein meterhoher Stapel von Zeitungen, die er noch nicht bearbeitet hatte; aber er achtete darauf, dass der Stapel nicht höher wurde. Niedriger wurde er allerdings auch nicht. Er stand da wie ein Möbelstück und sah immer gleich aus, obwohl sich seine Bestandteile ständig veränderten. Dr. Stein dachte in dem Zusammenhang oft an seinen Körper, dessen Struktur im Wesentlichen erhalten blieb, obwohl die Zellen laufend ausgetauscht wurden.

Jetzt saß er also im *Gasthaus zur Post* und blätterte die aktuelle Ausgabe des *Isartaler Tageblatts* lustlos durch. Zum Schluss warf er einen flüchtigen Blick auf die letzte Seite: *2 Schoko-Girls ... Busenwunder Lara ... Heiße Russin ...*

Er zuckte mit den Schultern, faltete die Zeitung zusammen und legte sie auf den Tisch. Im selben Moment kam der Ober mit dem Kaffee. Unter seinem Arm klemmte ein Teil der Zeitung. 'Herr Doktor, entschuldigen Sie bitte, hier ist noch der Regionalteil, den hat ein Gast auf dem Tisch liegen lassen.'

Die erste Überschrift lautete: *Der Tod hat nicht das letzte Wort*. Dieser Artikel nahm die gesamte Seite ein. Dr. Stein war neugierig, denn *Der Tod hat nicht das letzte Wort* wäre ein gutes Motto für seinen Beruf gewesen. Nicht der Tod, sondern er selber hatte beim Ausstellen des Totenscheins nämlich das letzte Wort, denn er trat ja erst auf die Bühne, wenn der Tod bereits sein Geschäft verrichtet hatte. Aber es ging dann doch um etwas anderes, nämlich um ein sogenanntes *Update des christlichen Glaubens* mit 18 Teilnehmern, das in Garmisch stattgefunden hatte.

Trotzdem nahm sich Dr. Stein diesen Artikel vor, denn er interessierte sich für Religion und kannte sich in religiösen Themen gut aus, hatte dabei aber eine gute Portion Skepsis. Dies hing vermutlich mit einem vielfältigen religiösen Angebot während seiner Kindheit und Jugend zusammen. Seine Mutter stammte aus Franken und war eine strenge Protestantin. Sein Vater war dagegen ein waschechter Bayer, aber trotzdem ein ziemlich lauer Katholik, obwohl er ausgerechnet aus Altötting stammte. Dessen Bruder war Spiritist und kommunizierte einmal in der Woche mit den Seelen Verstorbener. Helmut, Dr. Steins einziger Bruder, war lange katholischer Messdiener und wurde später überzeugter Zeuge Jehovas. Sein bester Jugendfreund, der erst Berufsboxer werden wollte, verschwand in einer indischen Sekte. Darüber hinaus hatte er noch einige *bekennende Atheisten* in seinem Bekanntenkreis.

Zunächst ging es in dem Artikel um die Frage, *Wo war Gott?* bei verschiedenen tragischen Ereignissen. Das hätte auch Dr. Stein interessiert, denn diese Frage hatte er sich selber schon oft gestellt. Die Antwort befriedigte ihn nicht ganz, denn:

Der Referent versuchte eine biblische Antwort aus dem Buch Hiob anzubieten, wieso ein liebender Gott so etwas zulässt. Der Referent *versuchte* also, eine Antwort *anzubieten* … Was war davon zu halten?

Dr. Stein war ziemlich gebildet. Das lag nicht nur an seiner Schulausbildung und seinem Studium, sondern auch an seinem privaten Pressearchiv, das inzwischen auf über 30 Meter Hängeregister angewachsen war. Die betreffende Stelle im Buch Hiob kannte er. Sie wird in diesem Zusammenhang häufig zitiert. Es geht darin um einen merkwürdigen Handel Gottes mit dem Satan, demzufolge Hiobs Glaube einer strengen Prüfung unterzogen werden soll. Dr. Stein war etwas enttäuscht, denn die eingangs gestellte Frage, warum *Gott so etwas zulässt*, blieb komplett unbeantwortet. Er stand wieder einmal vor dem ungelösten Theodizee-Problem. Dieses war sogar ihm als theologischem Laien geläufig und hatte seines Erachtens eine ausführlichere Diskussion verdient.

Weiter unten hieß es, die Forderung, das Kreuz aus den Klassenzimmern zu entfernen, beruhe darauf, *dass Eltern meinten, es könne die schulischen Leistungen ihrer Kinder beeinträchtigen.* Dr. Stein wunderte sich, dass hier eine derartig abstruse Begründung zitiert wurde, denn es ging bei der betreffenden Diskussion um etwas ganz anderes, nämlich um die religiöse Neutralität des Staates.

Später hieß es: *Der Tod Jesu ist historisch vom römischen Geschichtsschreiber Tacitus in seinen Annalen bestätigt.*

Dr. Stein kannte dieses Argument. Er lehnte sich zurück, atmete tief durch und dachte: *Das Wort 'bestätigt' suggeriert eine unbestreitbare Wahrheit, aber bezüglich Jesus gibt es keinen beglaubigten Augenzeugenbericht. Tacitus hat den Text über 100 Jahre nach dem Beginn unserer Zeitrechnung geschrieben, also rund 70 Jahre nach Jesu Kreuzigung – sofern diese tatsächlich stattgefunden hat. In jenem Bericht geht es in erster Linie auch nicht um Jesus selber, sondern um den Brand Roms während der Herrschaft von Kaiser Nero. Der versuchte, die Schuld dafür den Christen in die Schuhe zu schieben. Zu dieser Bezeichnung schrieb Tacitus, sie gehe auf Christus zurück, der unter Pontius Pilatus hingerichtet worden sei. Mehr nicht.*

Dr. Stein meinte, dass es durchaus Indizien für Jesu Historizität gebe, aber Beweise waren das nicht. Er fühlte sich bei derartigen Aussagen immer etwas unbehaglich, weil mit der möglichen, letztlich jedoch unbewiesenen Existenz Jesu ein Gottesbeweis suggeriert wird, der im Übrigen natürlich auch dann noch nicht geleistet wäre, wenn dessen Existenz tatsächlich nachgewiesen werden könnte.

'Herr Doktor, wünschen Sie noch etwas? … Eine Tasse Kaffee? … Oder vielleicht ein Glas Wein? Wir haben einen *Blauen Portugieser*, der bei unseren Gästen sehr beliebt ist.'
 'Nein … Oder warten Sie.' Er sah auf die Uhr: 15:12. 'Wieso eigentlich nicht? Ich probiere den *Blauen Portugieser*.'
 'Eine kleine Käseplatte dazu?'
 'Eine kleine Käseplatte? … Ja, warum nicht? … Gern!'

Eigentlich wollte er die Lektüre jetzt unterbrechen, aber er war neugierig geworden und las weiter. Nun ging es um die Frage, *warum Jesus leiden musste*. Die erste Antwort lautete: *Einmal heißt es, er musste leiden, damit die Schrift erfüllt würde; dabei bezieht man sich auf den leidenden Gottesknecht.* Dr. Stein runzelte die Stirn. Das war nicht leicht zu verstehen. Gottes Sohn musste leiden, damit die Schrift erfüllt wird? Anders gesagt: Damit das eintritt, was einige Propheten vorausgesagt haben. *Haben sie dieses Leiden überhaupt genau prophezeit? Und wenn Gottes Sohn der besagte Gottesknecht ist,* fragte sich Dr. Stein, *wie ist das mit der Dreieinigkeit zu vereinbaren?* Letztere hatte er nie richtig verstanden. Er dachte: *Die Juden, die sich ja auch auf das 'Alte Testament' beziehen, sind nicht der Meinung, dass Jesus die*

Schrift erfüllt hat. Und die Moslems ebenfalls nicht. Ganz so eindeutig und selbstverständlich ist das also nicht.

'Herr Doktor … bitte schön … der *Blaue Portugieser,* die kleine Käseplatte … und ein aufgeschnittenes Baguette.'
 'Vielen Dank!'

Er probierte den Wein. Sehr gut! Die kleine Käseplatte war größer als gedacht. So viel wollte er eigentlich nicht essen. Er begann mit dem Bergkäse. Es wäre jetzt an der Zeit gewesen, die ernste Lektüre beiseite zu legen. Aber er las trotzdem weiter, weil er sich daran festgebissen hatte. Es folgte eine weitere Erklärung, wieso Jesus leiden musste: *Einmal bezeichnet dieses Müssen eine innerweltliche Notwendigkeit. In einer von Egoismus und Bosheit gezeichneten Welt muss der mit dem Tod rechnen, der in ungeschützter, selbstlos-radikaler Liebe sich der Sünde in den Weg stellt.* Diese *innerweltliche Notwendigkeit* konnte Dr. Stein nicht nachvollziehen. Wenn ein Mensch der genannten Art *mit dem Tod rechnen muss*, war das seines Erachtens keine *Notwendigkeit*, abgesehen davon, dass ihm diese ganze Folgerung überzogen schien. Er sah weder eine *Notwendigkeit,* noch verstand er in dem Zusammenhang das Adjektiv *innerweltlich.*

Kreuzigung und Auferstehung

Nun empfand er es als ziemlich unpassend, dass er guten Wein trank und nicht minder guten Käse aß, während er den Artikel las. Der Wein hatte in diesem Zusammenhang noch eine besondere Symbolik. Aber was sollte er tun? Wein und Käse stehen lassen, weil er gerade einen Artikel über die Kreuzigung las? Oder beides genießen, aber nicht weiterlesen? Das erschien ihm … Er suchte nach dem passenden Wort: Zwanghaft? Nein! Kleinkariert? Auch nicht! Dumm? Er dachte: *Egal! Viele Männer gehen nach der Messe direkt ins Wirtshaus. Daran stört sich auch niemand. Und das beste Bier in Bayern stammt aus Klosterbrauereien: Andechser, Augustiner, Franziskaner, Paulaner … Christi Himmelfahrt endet übrigens häufig in einem großen Besäufnis, weil gleichzeitig Vatertag gefeiert wird. Und in den Wallfahrtsorten …* Aber er wollte nicht mehr darüber nachdenken und las weiter.

Eine zweite Erklärung, warum Jesus leiden musste, fand er weiter unten: *Zum anderen – und das ist der tiefere Sinn des Müssens, das, was man Heilsplan nennen könnte – wird Gottes Liebe zu den Menschen, gerade zu den Sündern, erst am Kreuz ganz offenkundig und endgültig. Das Kreuz als radikalste Verwirklichung der Liebe erfüllt so selbst den Sinn der sündigen Welt. Die Unsinnigkeit des Leidens wird durch das Kreuz von innen her überwunden, nicht indem das Leid abgeschafft wird, sondern indem gezeigt wird, dass auch im brutalsten Leid die Liebe zu triumphieren vermag.*

Dr. Stein musste diesen Absatz mehrmals lesen, aber verstand ihn trotzdem nicht. Zum einen fragte er sich, warum es für eines der zentralen Themen des christlichen Glaubens überhaupt mehrerer unterschiedlicher Erklärungen bedarf, die fast wie Hypothesen wirken. Zum anderen überraschte ihn die Aussage, dass die Liebe Gottes gerade den Sündern gilt. *Wenn dies tatsächlich der Fall ist, können wir eigentlich fröhlich sündigen*, dachte er. *Die Verbrecher werden von Gott demnach ganz besonders geliebt.* Schließlich verstand er nicht, warum Gottes Liebe zu den Menschen *erst am Kreuz ganz offenkundig und endgültig* wird … *Das Kreuz als radikalste Verwirklichung der Liebe* … Unter der Liebe stellte sich Dr. Stein etwas ganz anderes vor. Und dann der Satz: *Die Unsinnigkeit des Leidens wird durch das Kreuz von innen her überwunden, nicht indem das Leid abgeschafft wird, sondern indem gezeigt wird, dass auch im brutalsten Leid die Liebe zu triumphieren vermag.*

Das war ihm zu viel. Er lehnte sich zurück, starrte resignativ an die Decke, atmete erneut tief durch und dachte: *Wer einer bestimmten Religion anhängt, glaubt letztlich das, was er glauben WILL, unabhängig davon, wie verständlich und plausibel die Aussagen, Belege, Annahmen und Interpretationen sind. Erst kommt der Wille, dann der Glaube. In dieser Beziehung unterscheiden sich die sonst unterschiedlichen Religionen nicht. Sind ausschließlich die christlichen Vorstellungen glaubwürdig? Wenn ja – warum? Der Grund ist: Weil die Christen – ebenso wie die Anhänger aller anderen Religionen – daran glauben WOLLEN. Sie haben sich gegen kritische Argumente immunisiert – mit drei Formeln, die stets einen ähnlichen Tenor haben: 'Daran glauben wir'; 'das ist symbolisch gemeint'; 'Geheimnis des Glaubens'.*

'Herr Doktor … noch ein Glas Wein?'
'Nein, danke. Ich würde gern zahlen. Bestellen Sie mir bitte ein Taxi.'
'Werden Sie nicht an der Feier um 16 Uhr teilnehmen?'
'Nein, ich habe es mir anders überlegt. Ich muss noch einige Dinge erledigen.'

Als der Ober gegangen war, las Dr. Stein den Artikel zu Ende. *Der Tod Jesu am Kreuz nimmt nicht die Angst vor dem Tod. Aber die Auferstehungserfahrungen der Menschen, die in der Bibel beschrieben sind, wollen ermutigen, dem Leben zu vertrauen, dem Leben vor dem Tod und über den Tod hinaus.* Obwohl Dr. Stein das Thema eigentlich schon abgeschlossen hatte, fühlte er sich noch einmal provoziert: *Die Auf-*

erstehungserfahrungen der betreffenden Menschen *wollen ermutigen. Was heißt das genau? Und: Wir sollen dem Leben vor dem Tod vertrauen. Was ist damit konkret gemeint? Weiter: Wir sollen dem Leben auch über den Tod hinaus vertrauen. Kann man eine derart wichtige spirituelle und weltanschauliche Entscheidung auf Basis der berichteten Auferstehungserfahrungen treffen? Warum hat die große Mehrheit der damaligen Bevölkerung Israels diese Auferstehungserfahrungen nicht anerkannt? Wie glaubwürdig sind diese Berichte, wenn man bedenkt, dass sie erst Jahrzehnte später aufgeschrieben wurden, zudem von überzeugten Christen und nicht von einer unabhängigen Historikerkommission?*

Dr. Stein schloss die Augen und ließ den ganzen Artikel noch einmal Revue passieren. Die Schwierigkeit von Texten dieser Art lag für ihn darin, dass man bereits *glauben muss*, um die theologischen Interpretationen kritiklos zu akzeptieren. Seines Erachtens gab es jedoch keinen Grund, die Vernunft gegenüber dem Glauben abzuwerten, denn er betrachtete Erstere selber als ein Geschenk Gottes – sofern Gott überhaupt existiert. Falls Gott jedoch nicht existiert, konnte man sich die Theologie sowieso sparen.

Er dachte: *Wenn man die Vernunft nicht als potenzielle Antithese, sondern als Pendant oder gar als Voraussetzung des Glaubens betrachtet, erscheinen viele religiöse Aussagen in ganz anderem Licht. Dann kann man nicht einfach an das glauben, was einem vorgesetzt wird. Nehmen wir an, es gibt wirklich einen Gott, den wir nicht unmittelbar erkennen können. Alle Religionen haben sämtliche Glaubenszweifel mit einprägsamen Begriffen vernebelt, die nichts erklären. Das Christentum macht da keine Ausnahme. Die Theodizee hatten wir bereits. Ein anderes Problem betrifft den Deus absconditus, den verborgenen Gott. Man fragt sich, warum er verborgen ist. Bezüglich jeder anderen Religion bezweifeln die Christen, ob der angebetete Gott überhaupt existiert. Dieses Spielchen funktioniert in jeder Richtung.*

Fazit: Wir können den verborgenen Gott nicht durch irgendeinen 'Glauben' erkennen, denn dieser beruht auf geografischen und historischen Zufällen. Wie können wir den Deus absconditus also erkennen? Wohl nur, indem wir auch bei religiösen Themen unseren Verstand einschalten.

Als Dr. Stein aufstand, fiel ihm ein Begriff ein, den er vor Kurzem gelesen hatte: *Glaubenswahrheit.* Dieser Begriff hatte ihn richtig geärgert, denn im Wort *Glauben* war seiner Meinung nach immanent eine gewisse Unsicherheit enthalten: *Wenn eine Wahrheit beweisbar ist, dann muss man nicht an sie glauben; man glaubt nur an etwas, dessen Wahrheitsgehalt ungewiss ist. Man kann allenfalls hoffen, dass das, woran man glaubt, wahr ist. Der Begriff 'Glaubenswahrheit' suggeriert: Wir glauben an etwas, das wahr ist, selbst wenn man es nicht beweisen kann – das heißt, wir wissen, es ist wahr.*

Amanda hatte Glück, denn als das Taxi vor dem Haus hielt, blickte sie zufällig aus dem Fenster im 1. Stock. Sie lief hastig die Treppe hinunter und machte sich in der Küche zu schaffen.

Dr. Stein merkte, dass sie wieder in seinem Arbeitszimmer herumgeschnüffelt hatte. Aber er sagte nichts.

HERBERT ROSS

Jener Student, der sich wöchentlich um die Aktualisierung des Pressearchivs von Dr. Stein kümmerte, hieß Herbert Ross. Er war der einzige Sohn von Dr. Wolf und Hildegard Ross, die am anderen Ende des Rosenwegs wohnten. Aber eigentlich war er nur der Sohn von Frau Ross, denn sie hatte ihn in ihre zweite Ehe mitgebracht. Als er das Abitur machte, war er unentschlossen, was er studieren sollte. Er spielte gut Klavier und wollte ans Konservatorium gehen, aber seine Eltern meinten: 'Willst du ein frustrierter Pianist im Kurpark werden oder unwilligen Kindern Klavierunterricht geben?'

Herbert Ross

Das wollte er nicht. Daher hatte er sich für Medizin entschieden und in München einen Studienplatz bekommen. Er war ein schöner junger Mann und bewegte seinen athletischen Körper mit der Anmut eines klassischen Tänzers. Dr. Stein war gegen solche Anwandlungen zwar immun, freute sich aber an der schönen Gestalt und hörte gern zu, wenn der junge Mann Klavier spielte. Dafür gab er ihm 10 Euro über dem vereinbarten Stundenlohn. 'Das ist Ihre Gage', meinte er.

Für Amanda war Herberts Besuch Höhepunkt der Woche. Sie machte sich extra schön und begrüßte ihn an der Tür: 'Sehen wir uns, bevor du gehst? Sag meinem Vater, du möchtest in der Küche noch einen Kaffee trinken.' Anfangs wusste er nicht, wie er das einschätzen sollte. In den ersten Tagen trank er rasch seinen Kaffee und ging, aber bald hatten beide eine muntere Affäre. Dr. Stein war misstrauisch und bemerkte zunächst nichts, doch dann fiel ihm auf, dass sich sein Student immer länger im Parterre aufhielt, nachdem er die Arbeit im Archiv und das Klavierspiel beendet hatte. Die zwei fürchteten, 'dass der Alte eines Abends plötzlich in der Küche steht', und verabredeten sich deshalb in Herberts Elternhaus.

Er sagte: 'Ich warne dich. Unser Haus ist geschmacklos, aber egal. Meine Eltern gehen Donnerstags um 20 Uhr zur Chorprobe in die Evangelische Kirche. Das ist ein Jour fixe. Den Termin haben sie noch nie ausgelassen. Dein Dienst endet um 20 Uhr. Das passt. Du gehst zum anderen Ende des Rosenwegs, da erwarte ich dich. Falls ich mich verspäte, kannst du schon mal reingehen. Die Haustür steht immer offen. Mein Vater meint, wenn ein Einbrecher ins Haus kommen will, schafft er das, egal ob die Türen bzw. Fenster geschlossen oder offen sind. Vielleicht wäre es sogar besser, wenn sie offen sind. Dann würde er denken, dass sich jemand im Haus aufhält, womöglich ein großer Hund. Würde er trotzdem durch eine offene Tür hereinspazieren, richte er zumindest keinen Schaden an. Herein komme er in jedem Fall, selbst wenn die Tür abgeschlossen ist.'

DAS HAUS VON HERBERTS ELTERN

Die Verabredung im Elternhaus von Herberts Eltern war für Amanda *ein heißes Date*. Gleich beim ersten Mal kam sie zu früh. Herbert hatte seine S-Bahn verpasst.

Vor dem Haus lag eine kleine Terrasse, die durch eine hohe Hecke vor neugierigen Blicken geschützt wurde. Hinter dem Gebäude erstreckte sich ein großer Garten mit Obstbäumen, ebenfalls eingefasst von einer hohen Hecke; daneben das bereits erwähnte verwilderte Gewächshaus, das früher von zwei taubstummen Gärtnern bewirtschaftet wurde. Die Haustür bestand aus einem Aluminium-Rahmen und einer Einlage aus gelbem, gerripptem Glas. Der Türgriff war aus schwarzem Kunststoff, viereckig und etwa so groß wie eine Pralinenschachtel. Die Haustür wurde von einem Windschutz aus eloxiertem Weißblech und Acryl-Glas eingerahmt. Letzteres war mit Wassertropfen bedruckt, eine Dekoration, die damals auch bei Duschabtrennungen beliebt war.

Wie Herbert gesagt hatte, war die Haustür nicht abgeschlossen. Amanda ging neugierig hinein. Es roch eigenartig – ziemlich muffig, staubig und ein wenig schimmelig. Sie dachte: So ungefähr dürfte es gerochen haben, als man die ägyptischen Pharaonengräber nach Tausenden von Jahren geöffnet hat. Wer diese Luft einatmete, wurde schnurstracks ins Jenseits befördert. Das war der berühmte Fluch der Pharaonen, der sich eigentlich gegen Grabräuber richtete, aber im Grunde sind Archäologen ja nichts anderes.

An der Haustür begann ein breiter, dunkler Flur, der sich gerade durch das Parterre zog und an einem geschlossenen Scheunentor endete. Früher hatte sich auch vorne ein solches Tor befunden. So konnten Pferdefuhrwerke durchs Haus bis in die Scheune fahren. Später wurde das vordere Tor entfernt und die betreffende Öffnung zugemauert – mit Ausnahme der neuen Haustür. Auf der rechten Seite des Flurs ging eine offene Holztreppe in den 1. Stock.

Rechts neben der Haustür war eine graue Brandschutztür mit der Aufschrift *TIERARZT-PRAXIS*. Links neben der Haustür lag das Wohnzimmer. Amanda trat ein. Sie wunderte sich, wie klein es war, nämlich circa 4 mal 4 Meter. Ursprünglich war es größer gewesen, nämlich 4 mal 7 Meter. Herberts Eltern hatten eine Zwischenwand eingezogen, weil sie zu wenig Wände für die vielen Möbel hatten. Dazu war es gekommen, weil Frau Ross die Möbel ihrer verstorbenen Eltern aus sentimentalen Gründen behalten wollte. Jetzt war das Wohnzimmer so vollgestellt, dass man sich kaum darin bewegen konnte, ohne irgendwo anzustoßen. Gleich neben dem Eingang stand ein Kachelofen, dahinter eine Vitrine mit verstaubten Büchern und allerlei Ausstellungsstücken, darunter einige silberne Löffel, ein Kinderschuh, eine Gänsefeder und zwei alte Uhren. Auf der Vitrine stand ein Globus, der von innen beleuchtet war und sich langsam drehte.

Die Wände waren eigenwillig tapeziert, nämlich silbern mit weißen Schlieren. An der hinteren Wand hingen einige alte Teller mit Jagdmotiven. Darunter stand ein Sofa mit einer rot-gelben Tagesdecke. Neben dem Sofa war eine große schmiedeeiserne Lampe in die Ecke gequetscht. Direkt davor stand ein runder, halbhoher Tisch mit einer gehäkelten Decke. Er wurde fast bündig eingerahmt von zwei beigen Sesseln, auf denen je ein rotes Kissen lag.

Die Außenwand des Wohnzimmers hatte ein großes Fenster. Es ließ sich nicht öffnen, weil sechs Blumentöpfe und eine Gießkanne aus Messing auf dem Fensterbrett verteilt waren. Unter diesem Fenster befand sich ein breites Bücherregal, das nur zum Teil für Bücher genutzt wurde. Ansonsten lagen dort Zeitschriften, die Fernbedienung für den Fernseher und einige verstaubte Kartons. An der linken Wand stand ein großes Büffet, in dem üblicherweise Tischdecken, Servietten und das *gute Geschirr* aufbewahrt wurden. Darüber hing ein Ölbild, das ein Birkenwäldchen darstellte und von der silbernen Tapete förmlich erschlagen wurde. Auf dem Büffet thronte ein großer Fernsehapparat. Mitten in diesem kleinen Raum stand noch ein Esstisch mit vier Stühlen. Darüber hing eine jener modernen Lampen, die an ein Raumschiff erinnern.

Amanda verließ das Wohnzimmer durch eine zweite Tür, die in den kleinen Raum führte, der vom ursprünglichen Zimmer abgetrennt worden war, um mehr Wandfläche zu bekommen, damit alle Möbel untergebracht werden konnten. Dieser Raum maß 3 mal 4 Meter und war genauso vollgestopft wie das Wohnzimmer. Links neben der Tür stand eine schöne, antike Kommode, rechts davon eine weitere, die antik aussehen sollte, aber aus furnierten Spanplatten bestand. Über dieser Kommode hing das Bild einer französischen Dogge in einem opulenten goldenen Rahmen. An der Außenwand führte eine schmale Balkontür nach außen, und in einer Ecke klemmte ein kleiner Servierwagen, auf dem das Telefon stand. Dann kam ein Klavier. Niemand schien darauf zu spielen, denn der Hocker fehlte, und auf dem zugeklappten Deckel befand sich allerlei Nippes. Die waagrechte Fläche ganz oben war ebenfalls für Dekorationszwecke genutzt worden, für Tierfiguren aus Porzellan. Links neben dem Klavier stand ein altes Spinnrad und daneben ein Stuhl, sodass alle Wände des Raums lückenlos belegt waren.

Nach diesem kleinen Raum kam die Küche. Gleich am Eingang stolperte Amanda über eine unerwartet hohe Türschwelle. An der hinteren Wand stand eine Küchenzeile, die für diese Region recht ungewöhnlich war, denn ein nahezu identisches Modell gehörte zur Standard-Ausstattung der DDR-Plattenbauten seit den späten 60er-Jahren. Rechts neben der Eingangstür war die Essecke: eine Bank in L-Form, zwei Stühle und ein Tisch mit jener geschmackvollen Oberfläche aus Linoleum, die ein wenig an Kork erinnert.

Der Boden bestand aus gesprenkelten Fliesen. Sie kontrastierten mit einem bunten Teppich aus gewebten Kunststoff-Bändern. Aus den beiden Fenstern schaute man in den hinteren Teil des Gartens. Auf dem linken Fensterbrett stand ein kleines Aquarium, in dem ein einsamer Goldfisch schwamm. Auf dem rechten Fensterbrett tanzte ein gläserner Harlekin. Zwischen den Fenstern hing ein gerahmter Kunstdruck: van Goghs Sonnenblumen.

Amanda hatte schon viele spießige Wohnungen gesehen, aber diese schoss den Vogel ab. Eigentlich hatte sie genug gesehen, aber jetzt suchte sie Herberts Zimmer und dachte, dass es wohl im 1. Stock lag. Da sie den Lichtschalter für den Flur nicht fand, tastete sie sich wie eine Blinde die knarrende Holztreppe hinauf. Eine Tür war angelehnt. Dort brannte Licht. Amanda ging hinein. Es handelte sich um ein kleines Badezimmer, das seit 50 Jahren einer gründlichen Sanierung harrte.

Der nächste Raum war das elterliche Schlafzimmer. Amanda ging neugierig hinein. Alle Möbel waren aus polierter Birke. Auf einer hohen Kommode stand ein gerahmtes und schräg aufgestelltes Foto der Familie Ross anlässlich Herberts Konfirmation. Daneben war ein Toilettentisch voller Tiegel und Fläschchen, deren Inhalt offenbar der Schönheit von Frau Ross dienen sollte. Amanda interessierte sich aber für etwas anderes, einen dreibeinigen Hocker. Die Sitzfläche bestand aus einem dunkelblauen, langhaarigen Kunstfell, das an eine Karnevalsperücke erinnerte. Ein Abdruck des Gesäßes von Frau Ross war deutlich zu erkennen. Amanda setzte sich darauf und fühlte sich sonderbar.

Das Ehebett nahm fast den ganzen Raum ein. Auf der linken Seite stand ein Nachtschränkchen mit Krimskrams. Auf der anderen Seite mündete ein Warmluftschacht vom Kachelofen. Er hatte vorn ein Metallgitter und war oben mit einer schwarzen Schieferplatte abgedeckt. Darauf lag eine flache Glasschale mit dem Schmuck von Frau Ross.

Amanda sah sich den Schmuck an. *Billiges Zeug*, dachte sie, *obwohl der Alte sicher jede Menge Kohle macht.*

Der nächste Raum war offenbar Herberts Zimmer. Es sah aus wie ein Spielwarengeschäft nach einem Bombenangriff. An der hinteren Wand stand ein Bett, rechts daneben ein Kleiderschrank. Amanda schaute neugierig hinein. Dort hingen keine Kleider. Nachträglich waren Regalbretter eingezogen worden. Diese waren so vollgestopft mit Geschirr, dass kaum noch ein Eierbecher hineingepasst hätte. Es handelte sich um das Geschirr der verstorbenen Eltern von Frau Ross.

Amanda ersparte sich den Dachboden und den Keller, *denn dort macht man ja immer wieder grausige Entdeckungen – blutige Handschuhe, Augen in Weckgläsern, Foltergeräte, mumifizierte Leichen und so weiter.* Sie blieb in Herberts Zimmer, zog sich aus und legte sich in sein Bett. Es war lange nicht benutzt worden und roch wie eine feuchte Zeitung, war aber trocken.

AMANDA LERNT DR. ROSS KENNEN

Amanda hörte, wie die Haustür geöffnet wurde. Dann klapperte es in der Küche. Sie stellte sich schlafend *für einen supergeilen Empfang*, aber Herbert kam nicht. Daher stand sie auf und ging nackt die dunkle Treppe hinunter – ganz leise, um ihn zu überraschen. Als sie auf die unterste Stufe trat, ging das Licht an, und vor ihr stand Dr. Wolf Ross.

'Na, das ist ja eine Überraschung! Sind Sie eine Einbrecherin, oder erwarten Sie jemand … meinen Sohn vielleicht?'
　'Ja, Herbert … Er hat gesagt …'
'… dass hier heute sturmfreie Bude sei, aber das ist nicht so. Mitten in der Matthäus-Passion fiel mir nämlich ein, dass ich vergessen hatte, das neue Impfserum in den Kühlschrank zu stellen. Das habe ich gerade erledigt. Sagen Sie meinem Sohn, dass unser Haus kein Puff ist. Ziehen Sie sich jetzt bitte an und verschwinden Sie … Nein, das ist Unsinn … Ich war ja auch mal jung … Sie haben übrigens einen reizenden Körper, wenn ich das anmerken darf. Mein Sohn hatte schon immer einen guten Geschmack. Trotzdem sollten Ihre Amouren nicht hier stattfinden. Wenn meine Frau davon erfährt, dreht sie durch … Warum ist mein Sohn noch nicht da?'
　'Ich weiß nicht. Vielleicht hat er die S-Bahn verpasst.'
'Wie auch immer. Das war das letzte Mal. Ich muss jetzt los. Darf ich fragen, wie Sie heißen?'
　'Amanda Stein.'
'Amanda Stein … Sind Sie mit Dr. Stein verwandt?'
　'Ja, ich bin seine Tochter.'
'Schau an, noch eine Überraschung! Ich schätze Ihren Vater sehr, doch Sie werden verstehen, dass diese Geschichte hier so nicht weiterlaufen kann.'

Kurze Zeit, nachdem Dr. Ross gegangen war, kam Herbert. Amanda erzählte ihm, was vorgefallen war. Er schämte sich, dass er seine Eltern hintergangen hatte. Sie schämte sich jedoch nicht, im Gegenteil: Sie hatte es erregend gefunden, Dr. Ross nackt gegenüberzustehen. Das war für sie viel aufregender als die heimliche Sex-Geschichte mit Herbert.

Seit jenem Tag war die Beziehung zwischen den beiden nur noch *freundschaftlich*. Amanda begann, von seinem Vater zu träumen. Einer dieser Träume kehrte immer wieder: Sie stand nackt in einem dunklen Raum und hörte, wie Dr. Ross die Tür öffnete. Er trug einen schwarzen Ledermantel. Diesen konnte sie zwar nicht sehen, aber sie wusste, dass er einen solchen Mantel trug. Er ging auf sie zu, öffnete den Mantel, drückte sie an sich und schloss den Mantel hinter ihrem Rücken. Er roch nach Patschuli. *Dieser Duft hat mich schon immer angemacht. Ja, ich will ihn spüren. Überall! Immer wieder! Total enthemmt und durchgeknallt! Schwitzend! Atemlos! Auf andere Weise kann man dieses Gefühl nicht erreichen. Sex ist das Allerwichtigste. Liebe muss nicht sein.*

DR. WOLF UND HILDEGARD ROSS

Da Dr. Ross in Amandas Leben demnächst eine wichtige Rolle spielt, sollte er kurz vorgestellt werden. Er war zum zweiten Mal verheiratet. Die Ehe mit seiner jetzigen Frau Hildegard hatte eine bemerkenswerte Vorgeschichte. Blicken wir 25 Jahre zurück: Als er Hildegard kennenlernte, lebte er mit seiner ersten Frau Brigitte in Seeshaupt am Starnberger See – jedenfalls in seiner Fantasie, denn sie war zwei Jahre zuvor gestorben. Nach ihrem Tod war er lange arbeitsunfähig. Er litt unter Depressionen und Zwangsvorstellungen. Sein Tagesablauf war stets gleich. Kurz bevor der Wecker klingelte, wachte er auf. Er stellte den Wecker ab und ging leise aus dem Schlafzimmer. Die Tür ließ er angelehnt, weil ihre Klinke ein knackendes Geräusch machte. Er wollte seine Frau, die seiner Meinung nach im benachbarten Zimmer schlief, nicht wecken. Er zog den Morgenmantel an und ging in die Küche. Dort bereitete er das Frühstück vor: Croissants, Butter, Marmelade, ein weichgekochtes Ei und schwarzer Tee in der Thermokanne. Er selber trank nur eine Tasse Kaffee. Dann ging er ins Bad, danach erneut in die Küche. Er legte einen Zettel auf den Küchentisch. Darauf hatte er vor langer Zeit geschrieben: *Brigitte-Schatz, guten Morgen! Lass dich nicht stressen. Mach dir einen schönen Tag.* Da sie den Zettel immer liegen ließ, konnte er ihn täglich neu verwenden.

Dann fuhr er nach Niederpöcking, parkte dort seinen Wagen und ging zu Fuß nach Starnberg. Dabei hatte er meist sonderbare Gedanken, zum Beispiel: *Der Nebel gibt den See nicht frei. Lautlos ziehen die Schwäne vorbei wie verwunschene Schiffe, die von Geistern bewohnt sind. Ein ertrunkener König liegt auf der anderen Seite des Sees im Schilf. Die gewundene Grenze zwischen Wasser und Land trennt mich von einer ganz anderen, stummen und geheimnisvollen Welt. Wo ist der gelb-grüne Sommer, der mir hilft zu leben?*

In Starnberg frühstückte er im *Gasthof zur Post*. Hier hätte er 25 Jahre später Dr. Stein treffen können, aber damals kannten sich die beiden noch nicht. Der aufmerksame Ober begrüßte ihn und nahm die Bestellung auf. Dies tat er nur pro forma, denn Dr. Ross bestellte immer das Gleiche: das sogenannte *Vital-Frühstück* und ein Kännchen Kaffee.

Nach dem Frühstück machte er mindestens eine Stunde Sport – bei gutem Wetter Wandern, Radfahren oder Ski-Langlauf, bei schlechtem Wetter Schwimmen im Hallenbad. Mittags fuhr er nach Weilheim. Dort hatte er mit seiner Frau eine Wohnung gekauft, die zunächst als Geldanlage diente und später als Alterswohnsitz genutzt werden sollte. In dieser Wohnung machte Dr. Ross seinen täglichen Mittagsschlaf, nachdem er am Stadtplatz zu Mittag gegessen hatte. Dann flanierte er durch die Geschäfte und kaufte Kleinigkeiten ein. Spätnachmittags fuhr er wieder nach Starnberg, wo er einen Yoga-Kurs besuchte. Dieser begann um 18 Uhr und dauerte eine Stunde. Anschließend fuhr er nach Seeshaupt zurück.

Dr. Ross war elegant, mittelgroß und von kräftiger Statur. Man sagte ihm nach, er sei ein wenig eitel, denn er war stets gepflegt und gut gekleidet. Seine Psychose war perfekt: Brigitte hatte sich in seiner Vorstellung angewöhnt, lange zu schlafen. Wenn sie aufwachte, war sie in Eile und ließ ihr Frühstück stehen. Er aß es abends bei der *Tagesschau*. Sie kam immer spät zurück. Er hörte sie nicht. Sie arbeitete ehrenamtlich in der Telefonseelsorge, auch an Sonn- und Feiertagen, denn diese Tage galten als besonders kritisch. Wenn sie nach Hause kam, war sie ausgelaugt und legte sich sofort hin. Dr. Ross nahm darauf Rücksicht und kümmerte sich um Haus und Garten. Da sie immer in Eile war, räumte sie ihre Sachen nie auf. Er hätte es gerne gemacht, aber er respektierte ihre Unordnung und ließ alles so, wie sie es hinterlassen hatte. Allmählich hatte er sich so daran gewöhnt, dass er ihre Sachen wieder genau dort hinlegte, wo sie gewesen waren, als er sie kurz wegnahm, um an der Stelle zu putzen.

Dr. Ross

Dr. Ross sah oft müde aus und bewegte sich langsam, doch der Eindruck täuschte, denn er betrieb regelmäßig Sport. Äußerlich wirkte er ruhig und zufrieden, aber innerlich war er nervös und unruhig. Sein einziger Ruhepol war Brigitte gewesen. Er wollte nicht wahrhaben, dass sie seit Jahren tot war.

In der Nachbarschaft von Dr. Wolf und Brigitte Ross lebte damals ein weiteres Ehepaar: Hildegard und Heinz Neumann.

Hildegard wurde später Dr. Ross' zweite Frau. Die Ehe der Neumanns war normal, sofern man diese Institution bürgerlichen Rechts nach keinem überzogen romantischen Ideal bewertet, sondern nach Maßstäben des wirklichen Lebens. Beide hatten das Gefühl, das Glück rausche an ihnen vorbei, während sie in einem nervenaufreibenden Hickhack immer älter wurden. Irgendwann hatte Heinz Neumann gesagt: 'Hildegard, so geht's nicht weiter! Wenn wir uns nicht trennen oder einander umbringen wollen, müssen wir unsere Lebensbedingungen unter den gegebenen Umständen optimieren.'

Hildegard hatte zugestimmt, seither *optimierten* sie ihr Leben. Sie lebten fortan im selben Haus wie zwei Katzen in getrennten Revieren. Der Vergleich mit zwei Katzen passt auch in einer weiteren Hinsicht, denn Hildegard und Heinz hatten gemeinsame Reviere, die sie aber zeitlich nacheinander besetzten: die Terrasse, das Bad und die Küche. Eine solch zeitliche Aufteilung gemeinsamer Reviere ist bei Katzen üblich.

Heinz Neumann war Architekt. Während seines Studiums hatte er sich der *humanen und ökologischen Baukunst* verschrieben, doch seine größten Bauaufträge waren später Supermärkte, Tankstellen und Tiefgaragen. Als er Hildegard heiratete, war er beseelt von der Verschmelzung des männlichen und des weiblichen Prinzips, aber diese Verschmelzung hatte nur *einen ständig stinkenden, hustenden und heulenden* Sohn produziert, ohne seinem Leben in irgendeiner Weise einen höheren Sinn zu verleihen. Im Gegenteil: Je älter er wurde, desto deutlicher fühlte er, dass ihn die Familie herunterzog – in finanzieller, emotionaler und spiritueller Hinsicht. Später sagte er über seinen Sohn: 'Im Grunde ist er ganz gut geraten, aber trotzdem hätte es ihn nicht gebraucht.'

Hildegard hatte mit einer Ausbildung als Krankenschwester begonnen, weil sie *den Menschen helfen* wollte, wie es viele junge Leute als Begründung für ihren angestrebten sozialen Beruf formulieren. Als sie Heinz kennenlernte, verlor sie dieses Ziel bald aus den Augen und brach ihre Ausbildung ab. Danach wollte sie nicht mehr *den Menschen*, sondern ihrem Mann helfen, dann ihrem Sohn, zuletzt nur noch sich selbst. Sie erlebte diese biografische Entwicklung wie eine schmerzhafte Reifung und sah für ihr weiteres Leben zwei Alternativen: entweder 'langsam ins Grab sinken', wie sie sich ausdrückte, oder 'ganz was anderes'. Dieses *ganz andere* faszinierte sie, aber lange war ihr unklar, was es sein könnte.

Heinz Neumann wunderte sich, wie schwierig es war, eine gute Ehe zu führen und die sich rasch verflüchtigende Liebe in eine stabile Freundschaft zu verwandeln. Zwar war ihm klar, dass ein Ehepartner im anderen nie alles finden kann, was er mag und braucht, und dass die Bio-Rhythmen von beiden selten synchron verlaufen; andererseits dachte er, es müsste doch möglich sein, dass zwei einigermaßen sensible und intelligente Menschen, die in vielerlei Hinsicht gut zueinander passen, ein halbwegs harmonisches Zusammenleben zustande bringen. Er empfand seine Frau als zunehmend bissig, sie hielt ihn für gefühlsarm.

Aus ihrer Sicht sah es so aus: Im Lauf der Zeit hatte sie den Eindruck bekommen, nicht nur zu früh, sondern auch den falschen Mann geheiratet zu haben. Sie glaubte, eine Ehe müsse täglich und dauerhaft so sein, wie Liebesromane aufhören. Sie dachte immer häufiger, dass sie um ihr großes Glück betrogen wurde. Die Tage und Wochen der jungen Ehe gingen dahin, und der Alltag wirkte wie ein Gletscher, der mit quälender Schwerfälligkeit immer mehr Geröll vor sich herschob. Hildegard bedrängte ihren Mann und versuchte, ihn in einen strahlenden Liebhaber zu verwandeln, aber gerade dieser Druck hinderte ihn daran, ein solcher zu werden, obwohl er davon überzeugt war, *ziemlich romantisch* zu sein.

Sie deutete seine zunehmenden Depressionen als Zeichen, dass sie sich mehr um ihn kümmern müsse, versorgte ihn mit ständig neuen Erzeugnissen aus der Küche und umgab ihn mit einem feinmaschigen Gespinst von Vorschriften, Vorhaltungen und Verboten. Heinz sprach diesbezüglich von den 'drei Vs'. Er fühlte sich immer mehr wie in einer belagerten Festung. Er wollte keine andere Festung erobern, aber seine eigene verteidigen. Die Alternativen zum ständigen Kleinkrieg waren in seinen Augen die Kriegsgefangenschaft oder die Sklaverei. Die belagernden Truppen marschierten unter der Fahne der Liebe. Heinz dachte an Kreuzzüge, die den christlichen Geist der Nächstenliebe in den Orient transportierten.

Hildegard wäre am liebsten in einem Netz von Zärtlichkeiten eingesponnen worden, aber er schaffte es nicht, diese sensible Verrichtung immer genau dann und in der erwünschten Dosierung zu vollbringen, wie sie dies erwartete. Ihre Reaktion war verständlich, aber falsch. Sie begann einen Guerilla-Krieg, der es ihrem Mann immer schwieriger machte, das betreffende Netz zu knüpfen. So kam es zu periodischen Krisen, über die Hildegard später sagte, jedes Mal sei etwas in ihr kaputtgegangen, bis zuletzt alles kaputt war. Heinz stellte es sich wie die Sprengungen in einem Steinbruch vor. Er selber empfand die Krisen eher wie Häutungen bei Reptilien: Jede Häutung produziert zwar große Empfindlichkeiten und Gefährdungen, ist aber die normale Voraussetzung und Begleiterscheinung von Wachstum und Entwicklung.

Hildegard stellte ihre Gefühle über alles andere. Sie dachte manchmal, dass ihr Leben nicht glücklicher verlaufen sei, weil sie sich häufig nicht von ihren Gefühlen hatte leiten lassen. Sie meinte, Heinz lebe zu sehr aus dem Kopf und zu wenig aus dem Bauch. Er war bei diesem Thema anderer Meinung: Er hielt Gefühle zwar auch für wichtig, aber er hatte im Lauf seines Lebens gelernt, dass sie schlechte und wankelmütige Ratgeber sind. Manchmal versuchte er sich vorzustellen, alle Menschen würden sich ausschließlich nach ihren momentanen Gefühlen verhalten. Er glaubte nicht, dass in diesem Fall das ewige Glück im ewigen Lenz ausbrechen würde, sondern genau das Gegenteil.

Auch die Ehe war für ihn etwas anderes als eine nicht endende Romanze auf dem höchsten Niveau der emotionalen und sexuellen Erregung. Liebe und Leidenschaft betrachtete er als einen Trick der Natur, um die Fortpflanzung zu sichern, aber nicht als stabile Grundlage einer lebenslangen Monogamie. Er fühlte, dass seine Frau immer unzufriedener wurde, und bemerkte, dass sie ihn mit Schweigen bekämpfte. Zunächst hatte er sie geliebt, aber die Liebe hatte sich nach und nach verflüchtigt. *Ich liebe sie zu 40 %*, dachte er, *dazu kommen 20 % Langeweile; die restlichen 40 % sind Hass.*

Als die beiden heirateten, war Hildegard bereits schwanger. Zunächst hatten sie zwei oder drei Kinder haben wollen. Dann war sich Heinz nicht mehr sicher, bis ihm klar wurde, dass er keine Kinder mehr wollte. Er entwickelte einen Instinkt für den Zyklus von Hildegard und stellte sich entsprechend darauf ein. Dies wurde umso einfacher, je sporadischer es zum Beischlaf kam. Heinz verstand jetzt besser, warum in diesem Zusammenhang von *ehelichen Pflichten* die Rede ist.

Bei Hildegard dauerte es länger, bis ihr klar wurde, dass auch sie keine Kinder mehr wollte. Ab diesem Zeitpunkt war Heinz von den *ehelichen Pflichten* entbunden. Er empfand das wie eine Erlösung, gab es jedoch nicht zu, sondern spielte die Rolle eines Ehemannes, der von seiner neurotischen Frau abgewiesen wird. Mit der Zeit wurde Hildegard wirklich neurotisch, er aber auch. Doch brachte sie diese Gemeinsamkeit nicht wieder zusammen, denn Neurosen steigern die gestörten Anteile, und die waren bei beiden verschieden. Er entwickelte sich zum egoistischen Grobian, sie zur frustrierten Frau.

Beide hätten sich längst scheiden lassen, hätte es nicht ein gewichtiges Gegenargument gegeben: Sie hatten gemeinsam ein schönes Haus in bester Lage gebaut, und keiner wäre in der Lage gewesen, den anderen auszuzahlen. Sie hätten das Haus verkaufen müssen und wären gezwungen gewesen, in irgendeine miese Mietwohnung zu ziehen.

Aufgeklärte Esoteriker wissen, dass es keine Zufälle gibt. Die vermeintlichen Zufälle sind vielmehr sinnhafte Koinzidenzen, die geheimnisvolle kosmische Fügungen symbolhaft aufscheinen lassen. Solche Fügung zeigte sich auch im vorliegenden Fall, denn Hildegard und Dr. Ross besuchten denselben Yoga-Kurs in Starnberg. Beide waren innerlich bereit für einen Seitensprung, aber das war ihnen nicht bewusst. Hildegard hatte sich von ihrem Mann *entliebt*, wie sie meinte, während Dr. Ross seine Frau Brigitte zwar liebte, aber nie zu Gesicht bekam, weil sie längst tot war. Er hatte Lust auf eine Affäre – nach Jahren monogamer Monotonie bzw. monotoner Monogamie, was letztlich dasselbe war.

Es gibt wahre Beziehungen, die sich wie in einem Groschenroman entwickeln. Wenn sich verheiratete Personen auf einen Seitensprung einlassen, gehen sie zunächst davon aus, dass ihre Ehe dabei keinen Schaden nimmt, solange die Sache geheim bleibt. Man fühlt sich wieder jünger, vitaler und besser gelaunt. Die Ehe wird dadurch belebt und stabilisiert. Soweit die Theorie. In der Praxis wirkt ein Seitensprung jedoch wie eine Explosion. Er zerstört gewachsene Beziehungen und gegenseitiges Vertrauen. Außerdem führt er zu Heimlichkeiten, Verstellungen, Lügen und gewaltigem Stress.

Nachdem Dr. Ross im Yoga-Kurs die erlebnishungrige Hildegard kennengelernt hatte, änderte sich an seinem Tagesablauf zunächst nichts. Der einzige Unterschied bestand darin, dass Hildegard nach dem Mittagessen für den gemeinsamen Mittagsschlaf mit ihrem eigenen Auto nach Weilheim fuhr. Die beiden wussten zwar noch, wie Sexualität grosso modo funktioniert, aber sie stellten sich dabei ziemlich linkisch und hölzern an, hofften allerdings, dass sie allmählich wieder besser in Übung kommen würden. Diese Hoffnung erfüllte sich nicht, doch beide waren trotzdem zufrieden, indem sie eine bekannte buddhistische Lebensweisheit beherzigten: Sie reduzierten ihre Erwartungen.

Eigentlich hielt sich Hildegard nicht gern in jener Wohnung auf, denn sie war voller Dinge, die Dr. Ross' Frau gehörten. Er sagte: 'Rühr bitte nichts davon an, damit Brigitte nichts merkt.' Hildegard kam sich vor wie in einem Minenfeld, in dem sie sich nur mit größter Vorsicht bewegen durfte.

Heinz Neumann war eigentlich froh, dass seine Frau seit einiger Zeit an jedem Tag nach dem Mittagessen wegfuhr. Trotzdem hätte er gerne gewusst, was sie unternahm. Wenn er sie fragte, sagte sie: 'Ich treffe mich mit Sabine.' Er hielt es für sinnlos, Sabine darauf anzusprechen, denn er ging davon aus, dass sie Hildegard jederzeit ein falsches Alibi geben würde. Er hielt es auch für unwürdig, Hildegard heimlich hinterherzufahren. Stattdessen schrieb er sich eine Weile ihren Tachostand auf. Sie fuhr täglich ungefähr 50 Kilometer. Vielleicht fuhr sie nach Wolfratshausen oder nach Weilheim. Auf bloßen Verdacht hin fragte er eines Tages unvermittelt: 'Was machst du eigentlich jeden Tag in Weilheim?' Hildegard war total überrumpelt und sagte genau das, was er erwartet hatte: 'Spionierst du mir nach? Es geht dich überhaupt nichts an, was ich in Weilheim mache. Das ist ja allerhand!' Danach schloss sie sich im Bad ein und heulte vor Wut darüber, dass sie Heinz so leicht auf den Leim gegangen war.

Jetzt konnte sie es zu Hause kaum noch aushalten. Obwohl sie ahnte, dass mit der Ehe von Dr. Ross irgendetwas nicht stimmte, sagte sie ihm scheinbar ahnungslos: 'Wenn du dich scheiden lässt, tue ich es auch.' Darauf antwortete er: 'Du weißt, ich liebe dich und würde mich für dich scheiden lassen, aber ich kann es nicht. Brigitte ist depressiv und würde sich etwas antun. Dann wäre ich zwar frei, aber mit einer solchen Schuld könnten wir nicht glücklich werden.'

Hildegard zog schließlich alleine aus und mietete eine kleine Wohnung in Bernried. Ihr Mann blieb im gemeinsamen Haus. Nun änderte Dr. Ross seine tägliche Routine und fuhr nicht mehr nach Weilheim. Beide machten ihren täglichen Mittagsschlaf in Bernried. Ansonsten blieb Dr. Ross bei seinem gewohnten Tagesablauf. Die neue Beziehung faszinierte ihn, doch hatte er anders als Hildegard ein schlechtes Gewissen.

Hildegard wollte bei ihrem Mann nicht um Geld betteln. Daher nahm sie eine Stelle als ungelernte Altenpflegerin an. So kam sie finanziell über die Runden. Die Abende verbrachte sie allein, da Dr. Ross stets zu seiner toten Frau zurückkehrte.

Drei Jahre später: Nachdem Dr. Ross eine Therapie beendet hatte, machte er Hildegard einen Heiratsantrag. Die standesamtliche Trauung lief ab wie eine geheime Kommandosache. Er hatte es so gewollt. Alle Verwandten, Freunde und Bekannten erfuhren davon zum Teil erst Wochen später und mehr oder weniger zufällig. Er kaufte die ehemalige Gärtnerei am Rosenweg in Hammelsberg. Dort richtete er seine Praxis ein. Hildegard hatte das Sorgerecht für ihren Sohn Herbert erstritten. Dr. Ross adoptierte ihn.

Herbert wuchs in Hammelsberg auf und lebte seit seinem Abitur in einem Studentenheim in München.

Dr. Ross verkaufte die Wohnung in Weilheim, doch er behielt das Mausoleum in Seeshaupt, das er mit großer Hingabe pflegte. Hildegard durfte es nicht betreten. Zunächst hatte er sich *wie ein perverses Schwein* gefühlt, aber nach der zweiten Therapie ging es ihm besser. Jetzt erlebte er seine zweite Ehe wie eine geduldete Affäre.

AMOUR FOU

Kehren wir in die laufende Geschichte zurück. Seit jenem Abend im Haus von Dr. Ross war Amanda wie von Sinnen. Sie konnte an nichts anderes mehr denken und war besessen von der Fantasie, ihn zu verführen – oder besser: sich von ihm verführen zu lassen. In ihrer Obsession ertrug sie das herrische Gehabe ihres Vaters mit einer Gelassenheit, die ihn erstaunte. Ihr Leben hatte plötzlich eine neue, erregende Perspektive bekommen, die allerdings überhaupt nicht realistisch erschien. Aber ähnlich wie viele Fanatiker eine außerordentliche Energie bei der Durchsetzung ihrer fixen Ideen aufbringen, organisierte Amanda die Verführung von Dr. Ross mit großer Umsicht und Beharrlichkeit.

Sie erinnerte sich an einen französischen Film, den sie vor Jahren gesehen hatte: Eine junge Frau wurde auf einem Feldweg von einem Gewitter überrascht und lief völlig durchnässt zu einem einsamen Haus. Ein Mann öffnete die Tür und sagte, sie solle die nasse Kleidung ausziehen. Er würde sie am Ofen trocknen. Derweil könne sie sich in eine Decke hüllen. Dann bot er ihr ein Glas Wein an ... und so weiter.

Zwei glückliche Zufälle kamen Amanda zur Hilfe: Herbert erwähnte beiläufig, seine Mutter sei für 14 Tage nach Norwegen gefahren, um dort den 50. Geburtstag ihres Bruders zu feiern. Am selben Abend zog ein mächtiges Gewitter auf. Gegen 21 Uhr gab es einen Wolkenbruch. Amanda ging ohne Regenschirm aus dem Haus, rannte den Rosenweg entlang und klingelte bei Dr. Ross – völlig durchnässt und atemlos:

'Fräulein Stein, um Himmels willen, kommen Sie herein! Schnell, kommen Sie. Was machen Sie da draußen?'
   'Ich wollte zum Rock-Konzert im Kurhaus fahren, aber auf dem Weg zur Bushaltestelle hat mich das Gewitter

überrascht. Dann wollte ich nach Hause zurücklaufen, doch als ich bei Ihnen Licht gesehen habe, dachte ich, dass ich hier vielleicht warten kann, bis das Gewitter vorbei ist …'
'Ja, selbstverständlich können Sie hier warten … Soll ich Ihren Vater anrufen, damit er sich keine Sorgen macht?'
'Das ist unnötig, er schläft schon. Ich finde es übrigens super-süß, dass Sie mich *Fräulein* nennen. Ich bin zwar kein Fräulein mehr, aber ich fühle mich manchmal so.'

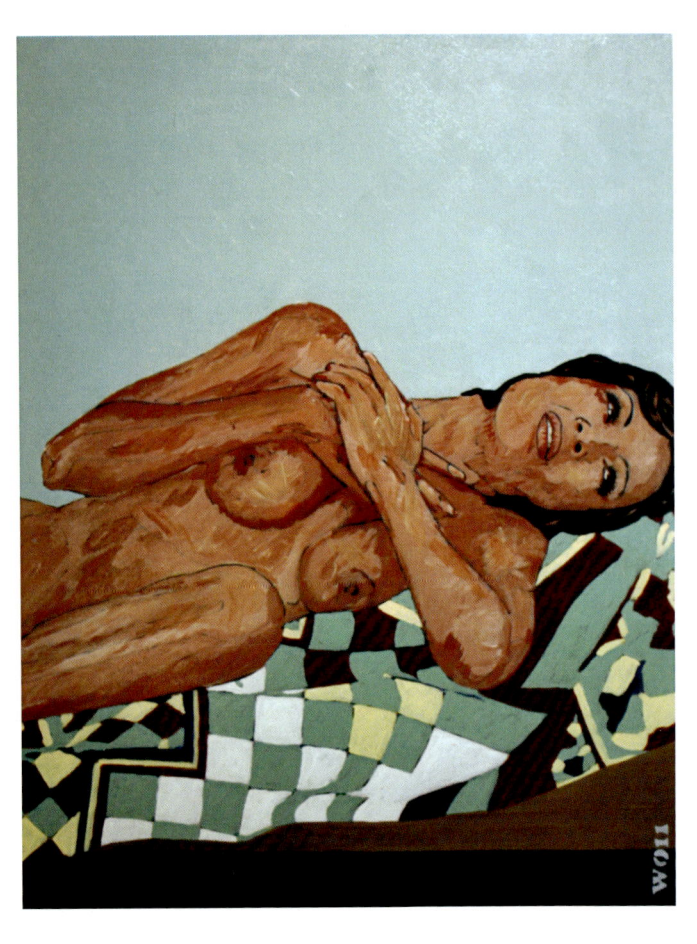

Amanda bei Dr. Ross

'Wieso, sind Sie kein Fräulein mehr?'
'Aber Herr Dr. Ross … sehen Sie mich doch an! Ich bin doch schon an die 30 …'
'Für mich sehen Sie aus wie ein Fräulein … egal: Dann ziehen Sie rasch die nassen Kleider aus. Ich hänge sie auf und trockne sie mit dem Heizlüfter. Wickeln Sie sich inzwischen in eine Decke. Soll ich Glühwein machen? Dafür ist zwar nicht die richtige Jahreszeit, aber der Anlass ist passend.'
'Gern, aber ich möchte Ihnen keine Umstände machen.'
'Das macht mir überhaupt keine Umstände … Ich bekomme gerne Besuch. Meine Frau ist übrigens verreist. Ist das für Sie ein Problem?'
'Nein, überhaupt nicht … das heißt, ich finde es schade, dass ich Ihre Frau nicht kennenlerne.'
'Vielleicht ein anderes Mal. Ich gehe dann in die Küche und mache den Glühwein. Sie können sich inzwischen ausziehen. Auf dem Sofa liegen zwei Decken. Suchen Sie sich eine aus. Ihre nasse Kleidung können Sie einfach auf diesen Stuhl legen. Ich hänge sie später zum Trocknen auf. Also bis gleich!'

Amanda zitterte vor Erregung. Als Dr. Ross aus der Küche kam, sagte er: 'Sie zittern ja! Sie sind total durchgefroren. Warten Sie, ich rubble Sie warm. Setzen Sie sich aufs Sofa. Fangen wir mit den Füßen an …'

Er kniete sich vor sie hin und begann, ihre Füße zu massieren. Jetzt konnte sie sich nicht mehr beherrschen. Sie streifte die Decke ab und stürzte sich nackt auf ihn. 'Herr Dr. Ross, ich habe mich in Sie verliebt. Ich bin ganz verrückt nach Ihnen! Darf ich *Wolf* sagen? … Ja, *Wolf*, genauso ist es: Ich habe mich in dich verliebt. Ich bin ganz verrückt nach dir!'
'Aber Fräulein Stein, mäßigen Sie sich bitte … So geht das nicht! Ich bin verheiratet …'
'Ich kann nicht anders … Ich denke den ganzen Tag nur an dich … und nachts träume ich von dir. Deine Frau wird nichts erfahren … und Herbert auch nicht … ich schwöre … Ich nehme übrigens die Pille und habe keine Krankheiten.'

Die Natur lässt sich nicht aufhalten. Es kam, wie es kommen musste. In den folgenden Tagen ging es so weiter, bis Frau Ross aus Norwegen zurückkehrte. Ab jetzt hatte Dr. Ross viele nächtliche Noteinsätze in den umliegenden Bauernhöfen. Zu seiner Frau sagte er: 'Bei den Kälbern läuft ein neuer, tückischer Virus um. Es hilft nichts. Ich muss wieder raus. Das ist mein Job. Schlaf gut!'

Anfangs traf er sich mit Amanda im Gewächshaus, denn es war Sommer. Ab September fuhren sie zu einem miesen Hotel an der B11.

Auch Dr. Stein hatte seit einigen Jahren eine Liebesbeziehung, allerdings ganz anderer Art. Er hatte eine Person anonym im Internet kennengelernt, in einem Chatroom mit dem Titel *Über Gott und die Welt*. Dr. Stein war zwar alles andere als ein Computer-Freak, aber er hatte sich einen Laptop gekauft, als er sich im Krankenhaus einer Operation unterziehen musste. Dann hatte er ein wenig im Internet gesurft und war zufällig in diesen Chatroom geraten.

Seine Kontaktperson nannte sich *Isis*. Mehr erfuhr er über sie nicht. Isis war die altägyptische Göttin der Natur, Geburt, Wiedergeburt und Magie. Sie wurde manchmal verschleiert dargestellt. Niemand wusste genau, was sich unter ihrem Schleier verbarg. Manche sagten: *die Wahrheit, und zwar die ganze Wahrheit*. Diese sei so ungeheuer, dass kein Mensch sie ertragen könne. Dr. Stein war neugierig, mehr über seine geheimnisvolle Isis zu erfahren, aber sie blieb anonym. Von sich selber gab er auch nichts preis. Trotzdem verliebten sich beide ineinander, aber das merkten sie lange nicht.

IM UNIVERSITÄTSKLINIKUM

STEIN: *Guten Morgen, Isis. Die erste Diagnose hat sich als falsch entpuppt. Meine Rippe ist umsonst entfernt worden. Dabei gab es eine Menge Komplikationen. Jetzt liege ich in der Gefäßchirurgie. Es scheint irgendwie ernst zu sein. Ich bin deprimiert. Und ziemlich benebelt – wahrscheinlich von einem Schlafmittel. Ich schreibe Dir, um mich ein wenig besser zu fühlen. Ich kann mich schlecht konzentrieren und schreibe einfach alles so auf, wie es mir gerade einfällt.*

Eine Gruppe junger Ärztinnen schwebt vorbei wie Schwäne auf einem See. Im Gang sitzt ein Patient, der seit 9 Wochen auf ein neues Herz wartet. Er hofft, dass jemand stirbt, damit er leben kann. Er führt ein Gestell mit sich, an dem viele Flaschen und Apparate befestigt sind. Von weitem erinnert er an einen Familienvater, der den Weihnachtsbaum aufstellt.

Langeweile, Schmerzen, Angst. 'I'm not prepared for eternity', heißt es im Lied 'Tom Dooley'. Plötzlich ist alles anders. Ich lebe nicht mehr, sondern überlebe nur noch, von einer Stunde zur nächsten.

Ich lese gerade alte Briefe und habe große Mühe, mich darauf zu konzentrieren, aber diese Mühe ist das Positivste, womit ich mich momentan beschäftigen kann. Die Briefe sind mir fremd geworden. Manche Sätze haben jetzt eine sonderbare Bedeutung, zum Beispiel folgender: 'Im Sommer verliert man leicht das Gefühl für das wahre Leben. Eines Tages werden meine jetzigen Gedanken und Gefühle nur noch Erinnerung sein. Wenn überhaupt …' Sätze dieser Art begleiten mich den ganzen Tag wie ein Ohrwurm.

Ein junger Mann hängt mit den Schultern in einem eisernen Gestell und versucht, einen Fuß vor den anderen zu setzen.

Er trägt eine Hose, die seinen Unterleib wie eine Kugel umschließt. Diese Hose erinnert an eine Statue von Juan d'Austria, die in der Regensburger Altstadt steht. Verkehrsunfall. Trümmerbruch des Beckens. Mehrfache Beinbrüche.

Mit einigen Patienten würde ich gern tauschen. Mit anderen nicht. Am liebsten würde ich mit denen draußen tauschen. Nur ich bin krank, und alle draußen sind gesund. Aber das ist natürlich Unsinn. Man weiß nicht, wer von denen da draußen demnächst hier drinnen sein wird. Alle, egal ob drinnen oder draußen, werden in ein paar Jahrzehnten tot sein. In den nächsten 80 Jahren werden mehr als 6 Milliarden Menschen sterben. Man hat immer das Gefühl, allein zu sterben, während alle anderen weiterleben. Aber das ist ein Irrtum, denn alle werden sterben, einige etwas früher, die anderen etwas später. Und viele Milliarden Menschen sind schon vor uns gestorben.

Heute fühle ich den unendlichen Raum, der uns umgibt. Und die unendliche Zeit.

Jener Mann, der seit 9 Wochen auf ein Herz wartet, sitzt wieder im Gang. Dort sitzt er täglich, manchmal stundenlang. Neulich kam ein Herz, aber es passte nicht zu ihm. Ein anderer Patient, der auf der Warteliste viel weiter unten stand, hat es bekommen.

Die Ärzte sind freundlich, aber knallhart. Kein Mitleid, keine Ermunterung. Das unverstandene Leben fließt durch die zarten Hände der Dichter. In der Kantine wird erst ab 14 Uhr Bier verkauft. Eine Flasche Paulaner kostet 2,10 Euro.

Ein Patient hinkt vorbei, mit weißen Stützstrümpfen. Er erinnert an den alten Goethe im Park von Weimar. Aber neben ihm geht nicht Schiller oder Eckermann, sondern ein Metzger aus Ingolstadt, der wegen einer lebensgefährlichen Blutkrankheit hier ist.

Vor der Thorax-Chirurgie sitzt eine türkische Großfamilie, zum Teil auf der Heizung, zum Teil auf Betten und Rollstühlen, die dort abgestellt worden sind. In der Mitte tanzt ein kleines Mädchen. Die Erwachsenen klatschen im Takt.

Man muss das Leben so nehmen, wie es ist. Die Tatsachen sprechen für sich, aber jenseits der Tatsachen scheint es noch etwas anderes zu geben, und das scheint wichtiger zu sein als die Tatsachen.

Wegen der Aschewolke eines isländischen Vulkans mussten viele Operationen verschoben werden, weil die Ärzte nicht rechtzeitig von ihren Reisen zurückkehren konnten. Einige Organe für Transplantationen wurden dadurch unbrauchbar.

Jener Mann, der seit 9 Wochen auf ein Herz wartet, ist 53 Jahre alt. Er weiß, was ihm bevorsteht, falls er das neue Herz rechtzeitig bekommt. Ob das alles noch lohnt? 'Ja', sagt er, 'was soll ich sonst tun?'

Die Spuren des vergangenen Lebens verlieren sich in der aufziehenden Nacht. Meine Gedanken fallen wie tote Vögel vom Himmel.

Und nach dem Tod? Nur nicht ins Bockhorn jagen lassen. Es wird schon einen Grund geben, warum wir diesbezüglich nichts wissen. Lassen wir uns überraschen. Und die Religionen? Man kann sich eine aussuchen, aber ob sie recht hat, weiß niemand. Sollen wir ins Blaue hinein glauben? Wer das kann und sich gut dabei fühlt, der soll es tun.

Immer wieder denselben Gang hin und her, wie in einem Gedicht von Rilke über einen eingesperrten Panther.

Die Natur ist einfach da, scheinbar absichtslos. Die Jahreszeiten erinnern an die Zyklen des Lebens. Der Wind schiebt die Wolken nach Osten. Sie haben eine feste Form, doch diese ändert sich ständig. Alles ist vergänglich, aber insofern beständig, als es existiert hat. Die Vergangenheit vergeht nicht. Sie ist wie ein Museum, wo alles seinen festen Platz hat.

Einem deutschen Abenteurer wurden gestern alle Zehen amputiert. Sie waren ihm bei einer Durchquerung von Grönland erfroren.

Das Langzeit-EKG ist lästig, besonders nachts, aber schlimmer sind die Schmerzen. Das Morphium hilft kaum. Es hebt auch nicht die Stimmung. Manchmal bin ich total verzweifelt.

Ein Gefühl der Abhängigkeit und Hilflosigkeit. Ich verliere meine normale Persönlichkeit und bin nur noch Patient. Ich lebe in einem Milieu, das mir fremd ist, obwohl ich jahrelang in einem Krankenhaus gearbeitet habe.

Ich habe gerade die Zeitung gelesen: Janosch ist 80 geworden. Er räumt seine Münchner Wohnung aus und bereitet sich auf das Sterben vor.

Voilà! Eine Schwalbe! So leicht, so frei. Als letzte Freiheit bleibt immer noch der Tod.

Es gibt wenig Kommunikation zwischen den Patienten. Jeder ist hauptsächlich mit sich selber beschäftigt. Das tut er aber nicht konstruktiv, sondern grüblerisch und pessimistisch.

Morgens am Zeitungskiosk. Die Schlagzeilen der BILD lauten: 'Bayern München 3:0 gegen Lyon' und 'Griechenland ist pleite'. Solche Nachrichten klingen hier seltsam. Oder besser: Hier klingen alle Nachrichten von draußen seltsam.

Meine Gefühle schweben langsam zwischen die Äste einer Birke, die sich wie eine liebende Mutter über eine weiße Bank beugt. Sie ist stumme Mitwisserin meiner ruhigen und zugleich unruhigen Melancholie. Ich versuche, von innen nach außen zu leben, aber die Außenwelt drückt sich mit Macht in meine vergewaltigte Seele.

Zwei hübsche Krankenschwestern schieben ein Kinderbett in den Fahrstuhl. Darin liegt ein Kind ohne Haare. Es umarmt eine Puppe und weint.

Mitte April. Es ist ein schöner Frühling. Die Kirschen blühen. Viele Menschen, die sich lieben, haben den Wunsch, gleichzeitig zu sterben.

Schon wieder Sonntag. Die Zeit vergeht im Krankenhaus sehr langsam, aber schließlich vergeht sie auch hier.

Du hast mir seit fast einer Woche nicht geantwortet. Hat das einen Grund?

Heute ist Mittwoch. Ich habe eine gute Nachricht: Alles ist wieder gut. Morgen werde ich entlassen.

- - - - - - - - - -

ISIS: *Es tut mir leid, dass ich Dir in den letzten Tagen nicht beistehen konnte. Ich war auf einem Meditationskurs im Schwarzwald. Handys und Laptops waren dort tabu. Doch nun bin ich wieder da und freue mich, dass es Dir besser geht!*

- - - - - - - - - -

Dr. Steins Krankenhausaufenthalt lag schon einige Jahre zurück. Aber er korrespondierte noch immer täglich mit Isis.

NATRIUMPENTOBARBITAL

Auch Amanda pflegte ihre Liebesbeziehung. Bei einem ihrer heimlichen Treffen mit Dr. Ross sagte sie:

'Als ich neulich den Schrank meines Vaters aufgeräumt habe, fand ich hinter den Pullovern eine Schachtel mit der Aufschrift *Metoclopramid* und eine kleine Flasche mit Aufkleber; darauf stand handschriftlich *NPB*. Weißt du, was das ist?'
'Metoclopramid kenne ich. Das ist ein gängiges Mittel gegen Übelkeit. NPB sagt mir nichts.'
'Findest du es nicht sonderbar, dass er ein Mittel gegen Übelkeit hinter seinen Pullovern versteckt?'
'Ja, ziemlich sonderbar.'
'Es geht wohl gar nicht um das Mittel gegen Übelkeit, sondern um das NPB ... Weißt du wirklich nicht, was es ist?'
'Du hast es längst herausbekommen, nicht wahr?'
'Nein, das habe ich nicht. Aber du weichst mir aus. Du weißt, was es ist. Das spüre ich. Also sag's mir!'
'Ich nehme an, es handelt sich um Natriumpentobarbital. In der Schweiz wird es von Sterbehilfe-Organisationen eingesetzt. Für diesen Zweck wird er es zu Hause haben.'
'Für sich selbst? Kann er sich das Mittel selber verschreiben?'
'Nein, sicher nicht.'
'Und wie hat er es bekommen?'
'Ich habe keine Ahnung.'
'Wofür ist es denn, wenn ein Arzt es nicht verschreiben kann?'
'Um größere Tiere einzuschläfern.'
'Also verwenden Tierärzte dieses Mittel ...'
'Ja, aber können wir nicht über etwas anderes reden?'
'Gleich ... nur noch eine Frage: Warum hat er dieses Mittel gegen Übelkeit auch versteckt?'
'Will sich jemand mit Natriumpentobarbital vergiften, nimmt er das Mittel vorher ein, damit er sich nicht erbricht.'
'Er hat dieses Zeug von dir bekommen, nicht wahr?'

'Nein. Wie kommst du darauf?'

'Ich spüre es … Nein, ich bin mir sicher. Ich kenne dich!'

'Also gut, du Nervensäge … Er hat es von mir, aber sag es nicht weiter. Gegeben habe ich es ihm aber nicht. Eines Tages kam er in meine Praxis und sagte: »Guten Tag, Dr. Ross. Sie wissen ja, wie man große Tiere einschläfert. Ich bin ein alter Ochse. Sie verstehen, ich meine die *Schweizer Lösung*. In Ihrem Regal steht, was ich suche. Wollen Sie nicht eben in den Warteraum gehen und sehen, wie viele Patienten da sind?« Ich wusste natürlich, was er wollte, und ging kurz ins Wartezimmer. Als ich zurückkam, war er nicht mehr da. Auf meinem Tresen lagen 100 Euro.'

'Was ist die Schweizer Lösung?'

'Wie gesagt: Einige Schweizer Sterbehilfeorganisationen verwenden Natriumpentobarbital. In Deutschland ist organisierte Sterbehilfe verboten. Dein Vater will das Mittel nehmen, wenn er sein Leben nicht mehr lebenswert findet. Es ist bekannt, dass er die Schweizer Lösung befürwortet. In mehreren Leserbriefen hat er sich dafür eingesetzt, diese Art Sterbehilfe in Deutschland zu legalisieren.'

'Und wann will er sich umbringen?'

'Keine Ahnung … wohl nicht demnächst … Doch sollte er der Meinung sein … also irgendwann … Aber Schluss jetzt mit der blöden Diskussion! Wir wollen uns nicht die ganze Zeit über Natriumpentobarbital unterhalten. Oder?'

'Sicher nicht – übrigens: Findest du meinen Busen zu klein?'

'Überhaupt nicht. Er ist genau richtig.'

'Wenn ich rauskriege, dass du mich anlügst, gebe ich dir eine Spritze mit NPB!'

'Untersteh dich! Aber nebenbei: Falls du mich umbringen willst, kannst du dir die Spritze sparen. Man kann das Zeug nämlich gut in Getränke mischen …'

'Das merk ich mir. Und wenn du mir nicht sofort einen Kuss gibst, fällst du beim nächsten Schluck Bier tot um!'

'Wenn du auch einen Schluck trinkst, ist das ein Angebot!

Aber im Ernst: Du hast dieses Mittel doch nicht …'

'Nein … Wie kommst du darauf?'

AMANDA WAR INNERLICH BEREIT

Amanda war seit jenem Abend innerlich zu einem Mord bereit. Die meisten Mörder sind in erster Linie auf ihr Opfer oder deren Hab und Gut fixiert. Erst dann spielt die Methode eine Rolle. Bei Amanda war es umgekehrt: Sie war auf die Methode fixiert – nämlich die *Schweizer Lösung* – und sah sich jetzt nach einem Opfer um. Es gab mehrere Personen, die in Frage kamen: zunächst ihre Mutter, die im Grunde für den ganzen Schlamassel verantwortlich war; dann der *Holy Brother*, den sie als skrupellosen Gauner und Ausbeuter erkannt hatte; dann ihr Vater, ein mieser, arroganter Faschist; dann Hildegard Ross, die nichtsnutzige Schlampe; schließlich Dr. Ross selber, denn es war abzusehen, dass sein Liebesverhältnis mit Amanda irgendwann enden würde. Dessen Sohn Herbert kam nicht in die engere Wahl. Zwar hatte Amanda durchaus die Fantasie einer *schönen Leiche,* aber Herbert hatte in ihren Augen *persönlich zu wenig Schuld.*

Ich selber trage an meinem verkorksten Leben keinerlei Schuld. Ich bin das Opfer. Nun kehren wir das Ganze einfach um: Ich bin jetzt der Täter, ein anderer wird das Opfer.

Da sie sich zunächst um die Methode, dann erst um das Opfer kümmern wollte, ging es jetzt darum, Natriumpentobarbital zu beschaffen. Die Flasche ihres Vaters war ja verschwunden. Er hatte sie woanders versteckt. Zunächst schien es schwierig, das Mittel zu bekommen, aber dann war es doch ganz einfach, mithilfe einer kleinen Lüge gegenüber Dr. Ross:

'Wolf, du musst mir helfen. Ich habe großen Mist gebaut.'
'So eine schöne Frau und ständig irgendwelche Probleme. Welche sind es diesmal?'
'Ich habe mal wieder bei meinem Vater rumgeschnüffelt.'
'Warum tust du das?'

'Ich weiß es nicht … eine schlechte Angewohnheit. Ich hoffe, etwas über unsere biologische Verwandtschaft zu finden.'

'Was soll das heißen? Bist du nicht seine Tochter?'

'Keine Ahnung. Er zweifelt jedenfalls daran.'

'Allerhand! Aber juristisch bist du seine Tochter – oder?'

'Ja, juristisch ist alles klar.'

'Und welches Problem hast du jetzt?'

'Wir haben kürzlich über Natriumpentobarbital gesprochen. Das hatte ich vor einiger Zeit im Schrank meines Vaters gefunden. Er hat es aus deiner Praxis geklaut. Das habe ich gestern noch mal geholt, geöffnet und daran gerochen.'

'Warum?'

'Ich weiß nicht. Ich war einfach neugierig, wie es riecht.'

'Und wie roch es?'

'Nach nichts.'

'Und dann?'

'Als ich die Flasche schließen wollte, ist sie runtergefallen, und das Zeug ist ausgelaufen. Mit einem Handtuch habe ich's aufgewischt, Wasser in die Flasche gefüllt und sie wieder hinter die Pullover gestellt. Aber mein Vater wird es merken, denn das Etikett ist nass geworden, und die Schrift hat sich rosa verfärbt. Ich brauche eine neue Flasche. Sonst schmeißt er mich raus, und wir können uns nicht mehr treffen.'

'Du bringst mich in Verlegenheit. Ich kann dir dieses Mittel nicht geben. Es in der Praxis stehlen geht auch nicht. Ich muss nämlich eine Liste führen. Der Bestand wird dauernd kontrolliert. Als dein Vater das Mittel aus dem Schrank genommen hat, hatten wir Schweinegrippe. Da fiel es kaum auf. Jetzt sind die Bestände gesund …'

'Musst du irgendwo ein großes Tier einschläfern?'

'Ja morgen, ein Pferd …'

'Kannst du es nicht mit einem anderen Mittel einschläfern?'

'Du bist ja raffiniert! Allmählich kriege ich Angst vor dir.'

'Und?'

'Es gibt Mittel, die kaum kontrolliert werden. Ich könnte so eins nehmen. Das Natriumpentobarbital kostet aber …'

'Dich Sex-Monster verhexe ich zu einer schwarzen Kröte!'

ES WAR GANZ EINFACH

Nachdem Amanda das Mittel von Dr. Ross bekommen hatte, fühlte sie sich gut. Endlich hatte sie Macht. Aber wen sollte sie zuerst bestrafen? Diese Frage beantwortete sie pragmatisch: *Der Erste, der mich richtig ankotzt, soll dran glauben. Das hat der Betreffende selbst in der Hand. Ich treffe diesbezüglich keine Entscheidung, sondern warte einfach ab.*

In den folgenden Tagen betrachtete sie ihr soziales Umfeld mit besonderer Aufmerksamkeit und entwickelte eine große Sensibilität für alles, was ihr gegen den Strich ging. Der Erste, *der sie richtig ankotzte*, war ihr Vater. *Gut*, dachte sie, *dann muss es wohl sein. Er hat sein Schicksal selbst gewählt.*

Es war ganz einfach: Abends gab sie ihm statt der üblichen Blutdrucktablette eine Tablette Metoclopramid, um zu verhindern, dass er sich später erbrach. Dann schüttete sie das Natriumpentobarbital in seinen Tee, nahm die leere Flasche mit, ging hinunter und sah sich einen Liebesfilm im Fernsehen an. Nach dem Happy-End ging sie nach oben, stellte die leere Flasche auf den Nachttisch und rief den Notarzt an.

Bei Suizid wird routinemäßig eine Autopsie durchgeführt, so auch bei diesem Fall. Aber darüber hinaus erfolgte keine kriminalistische Untersuchung, denn an Dr. Steins Freitod gab es keinen begründeten Zweifel. Er hatte ihn in seinem Bekanntenkreis ja seit Langem quasi angekündigt.

Die Testamentseröffnung war für Amanda zunächst enttäuschend, denn ihr Vater hatte ihr nichts vermacht. Doch der Notar tröstete sie damit, dass ihr ein Pflichtteil zustehe. Es dauerte, bis das geklärt war. Das Ergebnis war für Amanda weder berauschend noch ganz schlecht: Sie erbte das Haus und konnte dort ihre Affäre mit Dr. Ross fortsetzen.

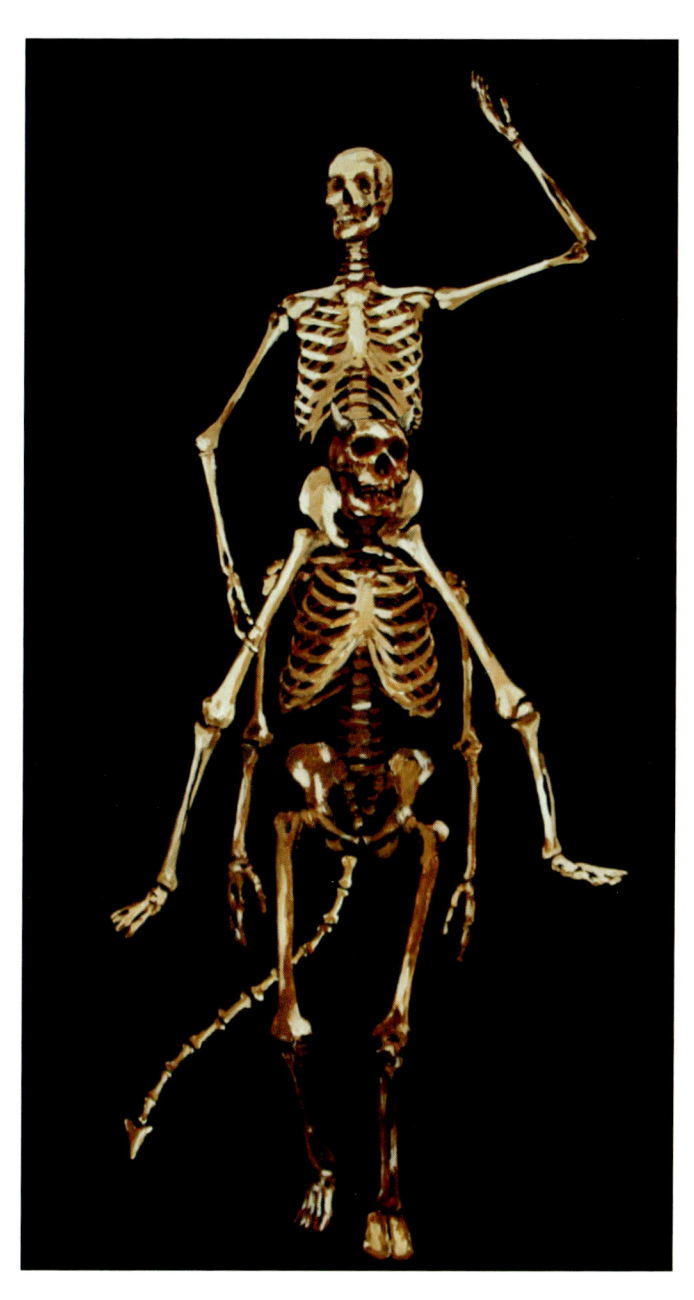

Der Teufel und der Tod

Dr. Ross war allerdings nicht mehr ganz wohl dabei, denn sie konnte ihn erpressen, nicht nur damit, dass sie seiner Frau die Affäre petzte, sondern auch damit, dass sie ihn wegen zweifacher illegaler Abgabe eines hochtoxischen Stoffes anzeigte. Außerdem fürchtete er sich vor ihr, denn er war davon überzeugt, dass sie ihren Vater umgebracht hatte. Unter solchen Bedingungen nimmt die männliche Sexualität meistens Schaden. So war es auch in diesem Fall, das blieb Amanda nicht verborgen: 'Wolf, du bist nicht mehr so heiß wie früher. Was ist los? Liebst du mich nicht mehr?'

Solche Fragen sind meistens der Anfang vom Ende. Dr. Ross begann nachzudenken, wie er sich gefahrlos von Amanda lösen könnte, aber bevor er einen zündenden Einfall hatte, überstürzten sich die Ereignisse. Er hatte sich angewöhnt, direkt vor dem Reitstall zu parken, wenn er mit Amanda in ihrem Haus verabredet war. Hinter dem Reitstall lief ein Feldweg direkt zum Rosenweg. Frau Ross hatte schon oft den Wagen ihres Mannes vor dem Reitstall gesehen und sich nichts dabei gedacht, weil er dort häufig Pferde behandelte.

An jenem Tag gab es einen merkwürdigen Zufall. Es war ausgerechnet ihr Hochzeitstag. Dr. Ross hatte ihn wie jedes Jahr vergessen, aber Frau Ross nicht. Sie kam gerade vom Einkaufen zurück, als sie seinen Wagen vor dem Reitstall sah. Sie hatte zwei Piccolo Sekt und Knabbersachen dabei. Kurz entschlossen hielt sie an, nahm die Sektflaschen und ging in den Reitstall, um ihren Mann zu überraschen. Aber sie fand ihn nicht. Niemand hatte ihn gesehen. Als sie unentschlossen aus dem Fenster schaute, sah sie ihn auf jenem Feldweg. Sie ließ die Sektflaschen stehen und ging ihm entgegen.

'Wolf, wo kommst du her? Lüg' mich bitte nicht an!'

Er brachte zunächst kein Wort heraus und zuckte nur müde mit den Schultern. Dann sagte er: 'Ich komme von Amanda. Aber es ist nicht, wie du denkst. Ich kann es dir erklären.'

Darauf sie: 'Da ist nichts zu erklären. Pack deine Sachen und geh nach Seeshaupt zurück. Ich will dich nicht mehr sehen!'

So kam es, dass Dr. Ross wieder ins Mausoleum seiner ersten Frau zog. Es war über all die Jahre unverändert geblieben. Seine frühere Depression war schlagartig wieder da. Eine erneute Therapie lehnte er aber ab. Er war ein gebrochener Mann, trank viel und dämmerte der ewigen Verdammnis entgegen. *Ich gehe durch dieses Haus wie durch ein Labyrinth der Liebe. Es ist etwas geschehen, das niemand verstehen kann. Das Leben ist voller Rätsel, und die Dinge enthalten viele Geheimnisse. Würde man die ganze Wahrheit kennen, würde man sie wahrscheinlich gar nicht glauben. Hinter dem sichtbaren Horizont liegt ein unsichtbarer zweiter, dahinter ein dritter, dahinter ein vierter, dahinter ein fünfter und so weiter. Und hinter dem letzten Horizont kommt ein riesiger Abgrund, schwarz und unendlich tief.*

Er sah Amanda nicht wieder. Ihr ging es auch nicht gut, denn Frau Ross verbreitete allerlei Gerüchte, unter anderem den Verdacht, sie habe ihren Vater ermordet. Letzteres stimmte zwar, aber dafür hatte Frau Ross keine Beweise. Sie pflegte zu sagen: 'Ich höre immer wieder, Frau Stein habe ihren Vater umgebracht, doch das glaube ich nicht. Wer sie kennt, mag ihr allerlei zutrauen, einen Mord jedoch nicht. Ein Mord in Hammelsberg. Stellen Sie sich das vor! Den eigenen Vater umbringen … Nein, wirklich nicht!'

Amanda vereinsamte und begann zu trinken. Sozialhilfe bekam sie nicht, weil sie das Haus besaß. Ab und zu vermietete sie Zimmer an Studenten. Davon lebte sie – oder besser: So überlebte sie.

20 JAHRE SPÄTER:

EIN STAATSEXAMEN UND EIN UNFALL

München, Pharmazeutisches Prüfungsamt, 19. März, 14 Uhr:

'Also, Fräulein Hofer …'
'*Frau* Hofer!'
'Sind Sie verheiratet?'
'Nein.'
'Dann sind Sie für mich – mit Verlaub – *Fräulein* Hofer. Man muss ja nicht alle Konventionen über den Haufen werfen. Sehen Sie das auch so?'
'Ja, Herr Professor.'
'Also, Fräulein Hofer … Ich bin ehrlich: Richtig überzeugt haben Sie mich nicht. Der Barium-Nachweis, von dem Sie heute wohl zum ersten Mal gehört haben, ist Stoff des 2. Semesters. Bei den alkoholischen Auszügen waren Sie etwas besser, aber das Gelbe vom Ei war das auch nicht. Säuren und Laugen gingen leidlich. Das einzige Thema, bei dem Sie gut vorbereitet waren, betraf die verschiedenen Aspekte des Betäubungsmittelgesetzes. Wie ich sehe, haben Sie in den anderen Fächern eine 3 und dreimal 4. Berauschend ist das nicht. Würde ich Ihnen in pharmazeutischer Chemie eine 5 geben, wären Sie durchgefallen. Ich lasse also Gnade vor Recht ergehen und gebe Ihnen eine 4. Herr Kollege Beisitzer, sind Sie einverstanden? Ich interpretiere Ihren Gesichtsausdruck als *Ja* … Also, Fräulein Hofer, Sie haben das Staatsexamen bestanden. Versprechen Sie mir aber, dass Sie die pharmazeutische Chemie vor Ihrer ersten Anstellung nacharbeiten. Sonst blamieren Sie sowohl sich selber als auch meinen Lehrstuhl. Alles Gute, und bitten Sie den nächsten Kandidaten herein.'
'Auf Wiedersehen, Herr Professor.'

Wahnsinn! Ich habe es geschafft! Monika Hofer ist jetzt eine echte Apothekerin. Wer hätte das gedacht? Ich habe selber nicht daran geglaubt. Ich war mir sicher: Heute haut es mich durch, mit Pauken und Trompeten. Und dann gibt er mir eine goldene, funkelnde 4! Ich hätte ihn küssen können, den alten Zausel. Aber vorher hätte ich ihn erwürgen können. Erst hackt er ewig auf dem verdammten Barium-Nachweis rum, dann fehlt irgendeine Kleinigkeit bei der Formel von der Natronlauge. Beim Betäubungsmittelgesetz hätte er ruhig mehr nachbohren dürfen, doch das hat er nicht getan, weil er wusste, dass ich hier astrein vorbereitet war. Und dann dieser Krampf mit Frau und Fräulein. Eine unverheiratete Frau soll ein Fräulein sein, aber ist ein unverheirateter Mann auch ein Männlein? Das erinnert mich an ein witziges Gedicht, nur weiß ich den Wortlaut nicht mehr genau: 'Macht auf die Tür, lasst herein das Herrel' – oder so ähnlich. Irgendein bekannter Dichter hat es als Kind in der Adventszeit geschrieben. Das Herrel ist in dem Fall das Christkind. Mein lieber Professor Konradi, wenn ich für Sie ein Fräulein bin, dann sind Sie ab jetzt für mich das Herrel Konradi – denn Sie sind ja ledig, was Sie oft mit Genugtuung betont haben.

Jenes Gedicht, an das sich Monika Hofer nicht mehr genau erinnern konnte, stammt von Ernst Jandl und lautet:
*Machet auf den türel, machet auf den türel,
dann kommt herein das herrel, dann kommt herein das herrel,
froe weihnacht, froe weihnacht, und ich bin nur ein hund,
froe weihnacht, froe weihnacht, und ich bin nur ein hund.*

Da ich sicher war, dass ich durchfliege, habe ich Mutter nicht gesagt, dass ich heute das letzte Fach vom Staatsexamen hatte. Ich werde sie überraschen, ich höchstpersönlich: die Apothekerin Monika Hofer. Mutter wird stolz auf mich sein. Und wenn ich demnächst im weißen Kittel in meiner Apotheke stehe, wird sich keine Sau für meine Noten interessieren, auch nicht für die 4 in pharmazeutischer Chemie, die mir das Herrel Konradi verpasst hat.

Jetzt fahre ich erst mal ins Krankenhaus nach Wolfratshausen. Mutter hatte wieder dieses Stechen in der Brust. Morgen soll sie zwar schon wieder entlassen werden, aber langsam mache ich mir Sorgen. Ich kann heute im Krankenhaus übernachten. Beim abschließenden Gespräch mit dem Arzt will ich dabei sein – morgenfrüh um 8. Ich übernachte lieber dort, statt in aller Herrgottsfrühe aufzustehen. Es fängt an zu schneien. Schade, alles war gerade so schön abgetaut! Egal, heute ist ein wunderbarer Tag!

Bis Icking ging es ja flott, aber jetzt wird es plötzlich glatt … Hilfe! In der Kurve steht ein Fahrzeug quer auf der Fahrbahn … Ich komme nicht vorbei … Bremsen kann ich auch nicht … Hilfe! Bitte kein Unfall! Bitte, bitte …

Isartaler Tageblatt, Donnerstag, 19. März 2015

ZWEI FRAUEN SCHWER VERLETZT
Wolfratshausen – Zwei schwer verletzte Frauen und zwei völlig demolierte Fahrzeuge, das ist die Bilanz eines Unfalls, der sich am Donnerstagnachmittag ereignet hat. Nach Angaben der Polizei befuhr eine 20-jährige Fahranfängerin von Wolfratshausen kommend die Bundesstraße 11 in Richtung München. Obwohl die Straße frisch geräumt war, gab es an einigen Stellen Glatteis und Schneeverwehungen. Am Wolfratshauser Berg geriet die junge Frau in einer steilen Kurve auf die Gegenfahrbahn. Dort stieß sie mit einem entgegenkommenden PKW frontal zusammen. Dieser wurde von einer 30-jährigen Fahrerin aus München gesteuert. Durch die Kollision wurden beide Fahrerinnen schwer verletzt und mit dem Rettungsdienst ins Wolfratshauser Krankenhaus eingeliefert. An beiden Fahrzeugen entstand Totalschaden.

Anruf vom Krankenhaus Wolfratshausen bei Familie Schuster in Starnberg, 19.März, 16 Uhr 30

'Schuster. Ja bitte?'

'Schuster? Bin ich falsch verbunden? Ich möchte gerne Frau Hofer sprechen'

'Nein, Sie sind nicht falsch verbunden. Frau Hofer ist meine Schwester. Wir wohnen im selben Haus. Meine Schwester ist aber nicht hier, sie ist in Wolfratshausen, im Krankenhaus. In der Kardiologie. Ist etwas passiert? Von wo rufen Sie an?'

'Vom Krankenhaus in Wolfratshausen.'

'Um Himmels willen. Ist etwas mit meiner Schwester?'

'Von Ihrer Schwester weiß ich nichts, aber wenn Sie wollen, erkundige ich mich nach ihr. Ich rufe nicht wegen Ihrer Schwester an, sondern aus einem anderen Grund …'

'Aus einem anderen Grund?'

'Ja, Ihre Nichte Monika ist vor Kurzem eingeliefert worden … Sie hatte einen Unfall.'

'Ein Unfall? Wie geht es ihr? Mein Gott, Erwin, mach den Fernseher leiser! Monika hatte einen Unfall! Ist sie verletzt?'

'Wie es aussieht, hat sie einige Brüche … aber das kriegen wir wieder hin. Ansonsten müssen wir auf die Röntgenaufnahmen und die Laborergebnisse warten.'

'Wieso? Hat sie etwas Schlimmes?'

'Beruhigen Sie sich bitte. Das gehört bei uns zur Routine. Wir wollen frühzeitig innere Verletzungen ausschließen.'

'Innere Verletzungen? … Kann ich meine Nichte besuchen? Ich muss sie sofort sehen.'

'Frau Schuster, bitte beruhigen Sie sich. Heute geht es nicht mehr. Aber Sie können mich morgen anrufen. Am besten gegen 10 Uhr. Dann wissen wir mehr. Mein Name ist Dr. Herbert Ross. Sie erreichen mich unter der Durchwahl 141. Haben Sie jetzt bitte Verständnis, dass ich mich um andere Patienten kümmern muss. Auf Wiederhören.'

Wolfratshausen, Krankenhaus, Anruf von der Chirurgie an Zimmer 243 der Kardiologie, 19. März, 21 Uhr

'Claudia Hofer.'
'Mutter, hier ist Monika. Ich bin im Krankenhaus.'
'Das hat ja lange gedauert! Ist bei dir was dazwischengekommen? Die Sache mit deiner Übernachtung habe ich geklärt. Im Einzelzimmer ist das für eine Begleitperson kein Problem. Da wird einfach ein mobiles Gästebett ins Zimmer gestellt. Ich habe etwas von meinem Abendessen für dich aufgespart. Du bist sicher hungrig wie ein Wolf. Aber warum rufst du vom Krankenhaus an? Hast du dich verlaufen?'
'Nein, Mutter! Ich liege in der Chirurgie. Ich hatte einen schweren Autounfall … Mein Auto ist nur noch Schrott.'
'Um Gottes willen! Wie geht es dir? Ist dir was passiert?'
'Ein paar Brüche: zwei Rippen, das linke Wadenbein; und ein langer Schnitt über den Augenbrauen. *Wenn es dabei bleibt, ist es nicht schlimm,* meinte der Arzt. Morgen weiß ich mehr. Ich muss jetzt Schluss machen. Gute Nacht.'
'Das ist ja furchtbar! Aber sei unbesorgt: Alles wird gut!'

Visite am nächsten Morgen, 20. März, 8 Uhr

'Frau Hofer, ich habe mich noch nicht vorgestellt: Dr. Ross, Stationsarzt. Ich habe eine gute und eine schlechte Nachricht.'
'Eine gute und eine schlechte?'
'Die gute Nachricht ist, dass Sie keine inneren Verletzungen haben. Die Laborwerte sind in Ordnung, die Röntgenaufnahmen auch. Bei den Rippen tun wir nichts. Die heilen von selbst. Doch müssen Sie sich schonen. Dazu werden Sie *gezwungen* – Ihr linkes Bein wird eingegipst. Den Schnitt über den Augenbrauen haben wir gestern nur provisorisch geklammert. Er wird heute genäht. Für Nähte mit kosmetischer Bedeutung ist bei uns eine Spezialistin beschäftigt. Bei Ihnen bleibt nur eine dünne Narbe, die man kaum sieht.'
'Und die schlechte Nachricht?'

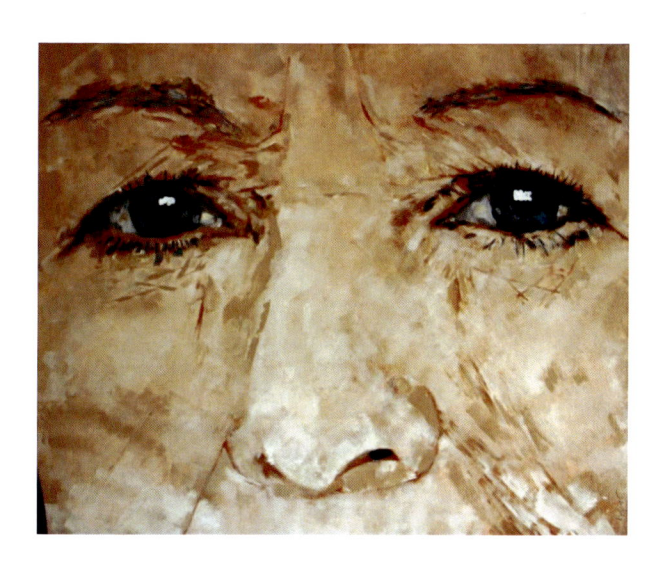

Claudia Hofer

'Ich habe gestern mit Ihrer Tante telefoniert. Sie sagte mir, dass Ihre Mutter bei uns in der Kardiologie liegt ... ein sonderbarer Zufall!'

'Ja, wirklich ... Und die schlechte Nachricht?'

'Die schlechte Nachricht ... Wie soll ich es sagen ... Ich habe mich nach Ihrer Mutter erkundigt ... Sie ist heute Nacht gestorben. Es tut mir sehr leid, Ihnen das sagen zu müssen.'

SECHS MONATE SPÄTER

Amanda war inzwischen eine verbitterte und verwahrloste Frau. Sie lebte immer noch in der Villa am Rosenweg, im 1. Stock. Die Einrichtung hatte sie unverändert gelassen. Die Möbel ihres Vaters starrten sie an wie stumme Mitwisser. Sie schlief in seinem Bett. Im Parterre war nach wie vor die funktionslose Praxis.

Eines Tages kam überraschender Besuch. Es klingelte. Amanda sprach in die Wechselsprechanlage: 'Ja bitte?' Dann hörte sie eine weibliche Stimme:

'Ich heiße Monika Hofer und habe dir etwas mitzuteilen.'
    'Kennen wir uns?'
'Noch nicht, aber wir werden uns gleich kennenlernen. Mach auf. Ich muss mit dir reden.'
    'Worüber?'
'Das wirst du gleich erfahren, aber zwischen Tür und Angel geht es nicht.'
    'Ich bin aber nicht auf Besuch eingestellt. Wollen Sie mich nicht anrufen?'
'Nein, es geht nur persönlich. Du kannst mich gern duzen.'

Amanda glaubte zunächst an eine kriminelle Masche, mit der man alte Frauen dazu bringt, die Haustür zu öffnen. Trotzdem drückte sie unwillkürlich auf den Türöffner. Es erschien eine junge Frau, schlank, gut gekleidet, etwa 30 Jahre alt.

'Hallo, ich bin Monika … und du bist Amanda, nicht wahr?'

Das Gespräch verlief zunächst ziemlich zäh, bis Monika das Heft in die Hand nahm:

Monika Hofer

'Also gut … der Reihe nach: Ich bin 31 Jahre alt und Apothekerin. Meine Mutter ist im März gestorben. Sie hieß Claudia Hofer. Eigentlich war sie Krankenschwester, aber seit ihrem Examen war sie in der Altenpflege tätig. An ihren Mann, den ich *Papa* nannte, kann ich mich kaum erinnern. Er hieß Konrad Hofer, war Pianist auf einem Kreuzfahrtschiff und kam selten nach Hause. Dann kam er gar nicht mehr. Ich war damals zwei Jahre alt … Das war sozusagen der Vorspann.'

'Warum erzählen Sie mir das? Entschuldigen Sie, ich habe Ihnen noch nichts angeboten. Aber ich habe gar nichts hier. Mögen Sie vielleicht … ein Bier … oder einen Obstler?'

'Nein, danke! Du solltest mich duzen. Jetzt der springende Punkt: In den letzten Wochen habe ich die Sachen meiner Mutter geordnet und dabei wichtige Dokumente gefunden.'

'Und? Hat das was mit mir zu tun?'

'Ich glaube, schon! Schau mal ... eins dieser Dokumente habe ich mitgebracht ... eine Bescheinigung vom Analysezentrum Oldenburg.'

'Es ist nur eine Fotokopie, oder?'

'Das klingt fast so, als würdest du das Original kennen. Ja, es ist eine Fotokopie. Falls du ihre Echtheit anzweifelst, kann ich ein neues Original vom Analysezentrum anfordern. DNA-Analysen werden Jahrzehnte aufbewahrt, aus gutem Grund.'

'Und was steht drin?'

'... dass du nicht die biologische Tochter deines juristischen Vaters bist.'

'Das ist ja allerhand! Das lasse ich nicht auf mir sitzen! Das werde ich überprüfen lassen ... Und überhaupt: Warum hatte deine Mutter diese Kopie?'

'Das weiß ich nicht genau, aber ich habe eine Vermutung. Meine Mutter hat ab ihrem 16. Lebensjahr regelmäßig Tagebuch geführt. Daraus geht unter anderem hervor, dass sie bei unserem Vater ...'

'... bei unserem Vater ... Was soll das heißen?'

'Warte einen Moment, dazu komme ich gleich. Also: Meine Mutter war bei unserem Vater zunächst als Praxishilfe und später als Haushälterin beschäftigt. In diesem Haus. Beide hatten eine kurze Affäre, und meine Mutter wurde schwanger. Sie war damals noch verheiratet. Unser Vater drängte sie zur Abtreibung, aber sie weigerte sich. Sie gab die Stelle auf und arbeitete danach in einem Altenheim in Starnberg. Sie wusste übrigens, dass du nicht seine leibliche Tochter bist. Er hatte ihr von dem DNA-Test erzählt. Sie fand das Ergebnis später in einer Schreibtischschublade und machte eine Kopie ...'

'Und warum, bitte?'

'Wohl deshalb, weil sie auch für mich einen DNA-Test machen lassen wollte. Die DNA unseres Vaters lag ja bereits vor. Das Ergebnis in meinem Fall war übrigens eindeutig. Ich habe das Test-Ergebnis dabei. Willst du es sehen?'

'Nein, das interessiert mich nicht.'

'Ich denke, meine Mutter wollte für mich Erbschaftsansprüche anmelden, aber letztlich hat sie es nicht getan. Ich weiß nicht, warum ... Wie auch immer: Du bist seine juristische, doch nicht seine leibliche Tochter. In meinem Fall war es umgekehrt, aber seit zwei Monaten bin ich sowohl seine leibliche als auch seine juristische Tochter. Ganz offiziell.'

'Und was heißt das?'

'Das heißt, ich bin in der Erbfolge übergangen worden.'

'Aber es gab gar nichts zu erben, nur dieses Haus.'

'Genau, deswegen bin ich hier. Ich beanspruche nämlich das Haus. Du kannst es mir durch eine Schenkung übertragen, oder wir klären den ganzen Komplex juristisch.'

'Den ganzen Komplex ... Welchen Komplex? Wovon redest du? Du willst das ganze Haus? Wie kommst du darauf? Und was meinst du mit *juristisch*?'

'Ja, *juristisch*. Aber das kannst du dir ersparen. Du weißt ja, wie es ausgehen würde.'

'Ich weiß überhaupt nicht, wovon du redest!'

'Spiel bitte nicht die Naive! Machen wir es kurz. Ob mit oder ohne juristische Auseinandersetzung: Ich werde das Haus übernehmen, und mein Verlobter wird die Praxis reaktivieren. Er arbeitet zur Zeit im Krankenhaus, in der Notaufnahme, das ist ihm auf Dauer zu stressig ... In deinem Alter solltest du froh sein, wenn ein Arzt im Haus ist, besonders wenn er sich mit Notfällen auskennt. Und wenn zusätzlich eine Apothekerin im Haus ist, dann ist doch alles super – oder?'

Amanda fühlte sich plötzlich unwohl. Monika fuhr fort:

'Im Tagebuch meiner Mutter habe ich noch zwei interessante Stellen gefunden: Unser Vater hatte im Schrank eine kleine Flasche versteckt. Er hatte *NPB* aufs Etikett geschrieben. Sie hat ihn gefragt, was das sei, und hat eigentlich damit gerechnet, dass er verärgert reagieren würde, aber das war nicht so. Er hat entspannt geantwortet, das sei Natriumpentobarbital, *ein elegantes Mittel, um sich das Leben zu nehmen*, wie er sich ausdrückte. Eigentlich wird es zum Einschläfern großer Tiere verwendet ... Doch das weißt du wahrscheinlich.'

'Nein, wieso?'

'Meine Mutter hat die Flasche genau beschrieben. Sie war aus braunem, geriffeltem Glas und hatte einen schwarzen Schraubverschluss. Ich habe den Bericht des Notarztes noch einmal gelesen …'

'Ich denke, es gibt Datenschutz.'

'Ja, den gibt es, aber ich durfte den Bericht einsehen, weil ich die leibliche Tochter des Verstorbenen bin. Wie ich vorhin schon gesagt habe, wurde das inzwischen amtlich anerkannt … Also wo waren wir? … Die Flasche … Im Bericht des Notarztes heißt es: *Auf Dr. Steins Nachttisch stand eine kleine Flasche aus glattem, durchsichtigem Glas. Daneben lag ein roter Schraubverschluss aus Kunststoff. Die Flasche war leer. In dieser Flasche wurden später Spuren von Natriumpentobarbital nachgewiesen.*'

'Und?'

'Ist dir nichts aufgefallen?'

'Nein, was sollte mir denn aufgefallen sein?'

'Im Tagebuch meiner Mutter ist die Rede von einer braunen, geriffelten Flasche mit schwarzem Schraubverschluss. Im Bericht des Notarztes besteht die Flasche aus glattem, durchsichtigem Glas, und der Schraubverschluss ist rot.'

'Und? Das ist wohl ein Irrtum. Mein Vater hat sich …'
'Unser Vater!'

'Meinetwegen *unser* Vater … Vielleicht hat er sich eine neue Flasche besorgt, weil die alte abgelaufen war.'

'Das ist kaum plausibel. Ich denke nicht, dass er sich mit dem Verfallsdatum von Natriumpentobarbital beschäftigt hat. Als Apothekerin kann ich dir übrigens versichern, dass diese Substanz jahrzehntelang haltbar ist. Mir fällt auf, dass du dir schon allerlei Gedanken gemacht hast …'

'Inwiefern?'

'Das ist doch klar, oder? Unser Vater hat sich nicht mit dem Natriumpentobarbital umgebracht, das er für diesen Zweck versteckt hatte. Vielmehr hat ihm jemand das gleiche Mittel verabreicht. Sehr clever! Anscheinend ist sein Versteck bis heute nicht gefunden worden, aber ich denke, man wird es finden, wenn man gründlich danach sucht.'

'Was willst du damit sagen?'
'Natriumpentobarbital ist in Deutschland legal nicht zu bekommen – außer von Tierärzten. Hattet ihr nicht früher einen Nachbarn, der Tierarzt war? Ich habe gehört, du hattest mit ihm eine Affäre, aber Tratsch interessiert mich nicht. Egal, die Vergangenheit ist vorbei und existiert nicht mehr ... Ein anderes interessantes Detail, das ich im Tagebuch meiner Mutter gefunden habe, war eine jahrelange anonyme Beziehung, die sie mit unserem Vater über das Internet hatte. Diese Beziehung dauerte an, bis er starb.'

'Davon wusste ich nichts.'
'Es begann, als meine Mutter nicht mehr bei ihm als Haushälterin beschäftigt war. Er war damals zwei Wochen im Krankenhaus. Sie surfte aus Langeweile im Internet und fand ihn in einem Chatroom.'

'Und wie?'
'Sie hat einfach *Stein* eingegeben und dann weitergesucht, bis sie ihn in diesem Chatroom gefunden hat.'

'Da musste sie aber lange suchen.'
'Keine Ahnung ... wahrscheinlich ... Vielleicht war es auch ein Zufallstreffer ... Jedenfalls hat sie ihn gefunden.'

'Ich dachte, in einem Chatroom tritt man anonym auf.'
'Ja, aber das wusste er anscheinend nicht. Meine Mutter wusste es. Sie nannte sich *Isis*.'

'Isis? Wieso Isis?'
'Keine Ahnung. Ich glaube, Isis war eine verschleierte Göttin. Ich ja egal. Zuerst war sie sich nicht sicher, ob *Stein* tatsächlich unser Vater war, aber nach einiger Zeit wusste sie es.'

'Wie hat sie das rausgekriegt?'
'Er war damals wegen Durchblutungsstörungen in den Händen im Krankenhaus. Darunter hatte er schon lange gelitten, auch als meine Mutter noch bei ihm beschäftigt war. Abgesehen davon hat sie ihn an seiner ganzen Art erkannt ... an seiner Sprache ... seinem intellektuellen Gehabe ... seinen Themen ... auch an seinem Humor ...'

'Und er hat nicht herausbekommen, dass sie seine frühere Haushälterin war?'

'Nein. Sie hat sich einen Spaß daraus gemacht, ihn im Unklaren zu lassen. Sie kannte ihn gut, weil er so dominant war und sich ständig zu allen möglichen Themen äußerte. Er kannte sie hingegen kaum, denn sie war eine stille, zurückhaltende Frau, die ihr Licht unter den Scheffel stellte. Ihre Beiträge im Chatroom zeigen, dass sie intellektuell gut mithalten konnte. Schlagfertig und witzig war sie auch.'

'Hat sie den ganzen Dialog aufbewahrt?'

'Ja, sie hat ihn ausgedruckt.'

'Wieso hat sie sich anonym an meinen Vater rangemacht?'

'An *unseren* Vater!'

'Ja … Warum?'

'Ich denke, sie hat ihn immer noch irgendwie geliebt, wollte ihn aber zugleich auf Distanz halten.'

'Irgendwie geliebt?'

'Ja, so was gibt es wohl …'

'Und wieso wollte sie ihn auf Distanz halten?'

'Das weiß ich nicht genau. Vielleicht trug sie ihm nach, dass er sie zur Abtreibung gedrängt hat … Schau mal, das ist auch eine interessante Stelle: Am Tag, als er starb, hat er ihr geschrieben: *Meine sogenannte Tochter geht mir extrem auf die Nerven. Früher habe ich sie nur verachtet, jetzt aber hasse ich sie. Ich habe ihr gerade gesagt, dass ich sie ab morgen hier nicht mehr sehen will. Meine Geduld mit ihr ist zu Ende. Finito!* Das tatsächliche *Finito* war dann aber ganz anders.'

'Das hat er geschrieben?'

'Genau das. Soll ich dir eine Kopie machen?'

'Nein … Und wie geht es jetzt weiter?'

'Ich schlage vor, dass du ins Gartenhaus ziehst. Wenn du es herrichtest, wirst du dich dort ganz wohl fühlen. Anfang Oktober kommen die Handwerker. Dann wird die ganze Villa gründlich renoviert. Ich ziehe mit meinem Verlobten in den 1. Stock. Unten ist seine Praxis. Er hat mir gesagt, dass ihr euch kennt. Er heißt Dr. Herbert Ross.'

'Herbert Ross?'

'Ja, Herbert Ross, der Sohn des Tierarztes. Er hat als Student das Pressearchiv unseres Vaters betreut. Erinnerst du dich?'

'Ich weiß nicht … schemenhaft … Es ist so lange her!'
'Sein Gedächtnis ist diesbezüglich besser als deins.'
'Ist er nicht zu alt für dich?'
'Keineswegs! Das Alter von Männern hat bei dir ja auch keine Rolle gespielt … Herbert war 10 Jahre jünger als du und sein Vater 20 Jahre älter … Aber was ich noch sagen wollte: Wir haben gedacht, dass du als Hausmeisterin und Putzfrau bei uns arbeiten könntest. Das wäre praktisch, weil du ja immer da bist. Du wirst sehen: Geregelte Arbeit tut dir gut – wie damals, als du bei unserem Vater angestellt warst. Den Arbeitsplan habe ich gleich mitgebracht. Hier ist er. Am nächsten Montag geht es los – in Ordnung? Oh, schon 17 Uhr. Ich habe mich gefreut, dich kennenzulernen … Bis Montag … Ach, fast hätte ich es vergessen: Gib mir bitte einen Schlüssel für die Haustür. So, jetzt muss ich los!'

Der Friedhof von Hammelsberg

Manfred v. Glehns weitere Bücher
> *www.glaubenssachen.de*

Briefe an den ungläubigen Thomas

Woran glauben Menschen heute wirklich? Dieses Buch gibt darauf – verschiedene – Antworten. Die *Briefe an den ungläubigen Thomas*, die der Autor tatsächlich erhalten hat, zeigen die gesellschaftliche Bandbreite an Sichtweisen und motivieren zur kritischen Reflexion über den christlichen Glauben.

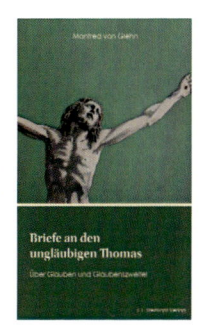

Die Krone der Schöpfung

2052 wird in Brasilien – unter großem Medienrummel – der der letzte Mensch geboren. Denn es gibt weltweit keine neuen Schwangerschaften. Warum? Niemand weiß es, auch der Autor nicht. Aber er nennt und interpretiert die Fakten. Er berichtet von einer Welt, die der Leser schon heute kennt. Ihr Zustand resultiert aus der Misshandlung unseres Planeten, der Vergiftung von Boden, Luft, Wasser und somit des Menschen selbst.

Die letzte Reise der Cassandra

Ein Tagebuch: Am Heiligen Abend des Jahres 2013 stieß der Fischtrawler *Akita Maru* im Atlantik auf eine geschlossene Rettungsinsel mit der Aufschrift *Leonardo*. Darin fand man 3 Männer und 1 Frau. Sie waren offensichtlich tot. Ein kleiner Hund gab schwache Lebenszeichen. Überdies fand man einige Gegenstände, darunter ein Notebook ... Das Buch thematisiert die Frage, ob Gott sich für das individuelle Schicksal der Menschen interessiert.

Der König im Luftschloss

Antoine de Tounens (1825-78) war selbsternannter König des Fantasiereichs *Araukanien und Patagonien* in Südamerika. Seine Biografie wurde oft publiziert. Die Erzählung handelt von Tounens Innenleben – als innerer Monolog in Korrespondenz mit der abenteuerlichen Handlung. Sie zeigt eine narzisstisch-wahnhafte Neurose, die nur Misserfolge produzierte. Dieses Buch ist eine geniale Parabel über die heute verbreitete Egomanie und Hybris.

Stumme Begleiter

Nicht nur Menschen, auch Dinge begleiten unser Leben. An Erstere denkt man oft zurück, aber Letztere ... waren *bloß Sachen*. Oder? Der Verfasser dieser Autobiografie haucht ihnen Leben ein. Er rekonstruiert die Geschichte von 30 *stummen Begleitern*. Seine mal heiter-ironischen, mal nachdenklich-sentimentalen, mal erschütternd-traurigen Betrachtungen inspirieren die Leser zu neuer Wahrnehmung erhaltener wie erinnerter Relikte des Lebens.

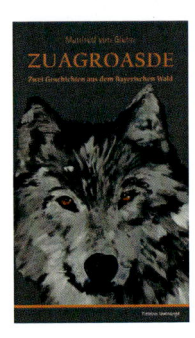

Zuagroasde

*Zuagroasd*e oder *Menschen mit Migrationshintergrund* und die bayerische Leitkultur – zwei Fälle:
1. *Die 7. Schwester:* Eine Telefonistin im Leopardenkostüm, Affen im Mango-Baum & die *Villa Anna* ...
2. *Geisterbahn & Himmelsleiter:* Ein toter Kolumbianer in der Geisterbahn und ein toter Italiener ...
Dazu eine dubiose Schriftstellerin, die ihre Mutter gefangen hält und einen Versager geheiratet hat. Auch sie sind *zuagroasd* – jedoch aus Oberbayern.

Jaguar online

Wolfgang Hardenberg fand im Internet das *Freie Kulturforum*. Dort lernte er als *Jaguar* Gesprächskreise kennen, an deren Kommunikation er teilnahm – bis die Website nach einem Hackerangriff verschwand. Dieses Buch enthält WHs Beiträge. Sie bewegen sich zwischen Soziologie, Belletristik, Kunst, Politik und Religion. *Jaguar* pointiert seine Gedanken so, dass er zugleich provoziert, wie es in einem Medium üblich ist, wo man anonym bleibt.

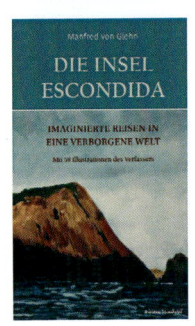

Die Insel Escondida

Das farbig illustrierte Buch enthält faszinierende Imaginationen, die beim *katathymen Bild-Erleben* entstehen. Diese psychotherapeutische Methode eröffnet einen Zugang zum Unterbewusstsein. Der Klient gestaltet in seiner Fantasie eine Ausgangssituation zu einem Tagtraum voll von Bildern und Vorgängen mit Symbolgehalt. Die Imaginationen des Autors haben solch tieferen Sinn, der nicht definier-, sondern spürbarbar ist. Auch für die Leser!